KB009650

행복은 가까이에

해남군, '2024 해남 행복 에세이' 공모전 수상작품집
# 행복은 가까이에

1판 1쇄 인쇄 2024년 7월 25일
1판 1쇄 발행 2024년 7월 31일

**지은이** 편집부 엮음
**펴낸이** 해남군

**펴낸이** 정용철 **편집인** 이경희, 김보현 **디자인** ⓒ단팥빵
**제작** 제이킴 **마케팅** 김창현 **홍보** 김한나
**인쇄** (주)금강인쇄

**펴낸곳** 도서출판 북산
**등록** 제2013-000122호
**주소** 06197 서울시 강남구 역삼로 67길 20, 201호
**전화** 02-2267-7695 **팩스** 02-558-7695
**인스타그램** instagram.com/booksan_bs **이메일** glmachum@hanmail.net
**블로그** blog.naver.com/e_booksan **페이스북** facebook.com/booksan25

ISBN 979-11-85769-74-5 03810

ⓒ 도서출판 북산, 2024

이 책은 저작권법에 따라 보호받는 저작물이므로 무단 전재와 복제를 금합니다.
이 책 내용의 전부 또는 일부를 이용하려면 반드시 저작권자와 북산의 동의를 받아야 합니다.
잘못된 책은 구입하신 곳에서 교환해 드립니다. 책값은 뒤표지에 있습니다.

도서출판 북산은 독자 분들의 소중한 원고 투고를 기다리고 있습니다.

해남군, '2024 해남 행복 에세이' 공모전 수상작품집

# 행복은 가까이에

편집부 엮음

북산

**일러두기**

맞춤법 표기는 국립국어원 〈표준국어대사전〉을 따랐습니다. 다만 작가의 의도가 담긴 일부 표현, 방언, 속어, 대화체의 옛 표기 등은 그대로 살렸습니다.

## 심사의 글

　도서출판 북산이 주최하고 해남군이 후원한 '2024 해남 행복 에세'이 공모전은 4월 11일부터 2달간 진행한 공모전이었습니다.

　이 시기에는 지역과 고장의 이름을 걸고  다양한 글쓰기 공모전이 개최됩니다. 그럼에도 많은 분들이 관심을 보여주셔서 300여 편에 가까운 글이 응모되었습니다. 응모자 또한 초등학생부터 시니어, 외국인까지 있어서 행복을 주제로 한 본 공모전의 취지가 모두를 아우르는 공감을 얻은 것 같아 기쁘지 않을 수 없었습니다.

　심사는 소설가 이경희 작가님과 북산 편집팀이 진행했습니다.

　1차에서는 주제에 견주어 응모작을 주의 깊게 살펴보며, 주제에 맞지 않거나 응모 요강에서 벗어난 글을 제외했습니다.

　2차에서는 감동적인 이야기, 행복에 대한 지혜가 담긴 글을 우선하여 보았습니다. 공모전의 취지가 행복을 응원하기 위함이므로, 글이 다소 부족하더라도 행복에 대한 지혜, 용기, 그리고 진정성 있는 마음이 느껴지는 글을 골라, 최종 9편을 선정했습니다.

3차에서는 최종 9편 중 울림 있는 이야기로 나와 주변의 삶을 소중히 여기게 되는 글에 더 높은 점수를 주었습니다.

대상작은 김태헌의 '행복을 읽는 시간'입니다. 소나무 그늘 아래서 밥보자기를 풀고 어머니와 새참을 먹는 풍경, 달빛 아래 우물가에서 아버지와 등목을 하는 풍경 등, 수채화를 그리듯 꺼낸 가족 사랑의 이야기는 작가가 간직하고 있던 행복의 여운을 고스란히 전해주었습니다.

"행복이 별것이간디, 요런 게 행복이제."

곰삭은 게장 안에서 행복의 맛을 발견해 내시던 어머니의 말씀이 마음을 울립니다.  일상의 무거움에는 진득한 행복의 맛도 함께 녹아있다는 걸 깨닫게 합니다. 이 글을 읽으며 든든히 행복 한 끼를 얻어 먹고, 오늘을 열심히 살아나갈 힘을 얻었습니다.

그 외 수상작 모두 행복의 지혜를 배우는 감사한 글이었습니다. 행복의 순간은 짧지만, 그 여운은 평생을 함께하며 나뿐만 아니라 타인의 행복을 돕우는 것 같습니다. 특히 자신보다 남을 위하는 데서 행복을 찾는 글이 많아 이 또한 큰 위로가 되었습니다.

심사를 마치며, 따뜻함을 나누고, 행복한 기억을 보내주신 모든 참여자 분들께 깊은 감사와 응원의 마음을 보냅니다. 법정 스님의 말씀에 빗대어 행복의 의미를 되새겨 보는 소중한 시간이기도 했습니다.

행복은 전염된다는데 수상작이 책으로 출간 되어 많은 분들께 위로와 큰 힘이 되기를 바랍니다. 뜻깊은 공모전이 될 수 있도록 후원해주신 해남군에게도 깊은 감사를 드립니다.

도서출판 북산 편집부

대상

행복을 읽는 시간 - 김태헌

●

사람마다 세상 보는 기준이 다르듯 '행복'도 생각하기 나름입니다. 태어났으니까 행복하게 살아야지요. 힘들고 괴로운 일이 찾아오면 '나는 행복하다.'라고 최면을 걸고, 소소하지만. 행복했던 순간을 애써 떠올립니다. 갈무리해 놓은 추억 몇 조각을 꺼내 읽으며 행복해지려고 마음을 다잡습니다.

뽑아주신 심사위원님께 감사드리며, 도서출판 북산의 무궁한 발전을 빕니다. 곁에서 묵묵히 지켜봐 주고 응원해 주신 분들 고맙습니다. 정진하겠습니다.


**┃김태헌**

한국문인협회 부천지부 · 경기수필가협회 회원, 수필 창작 개인 및 그룹 지도, 경기수필공모 대상, 평택사랑전국백일장 장원 등 다수 수상.

# 행복을 읽는 시간

### 부천 · 김태헌

뙤약볕이 누리를 달군다. 밀짚모자 쓴 아버지와 보리를 베는데, 송골송골 맺힌 땀이 앙가슴으로 흘러내린다. 잉걸불 같은 더위가 쏟아져 내려 너울거리던 호박잎도 축 처졌다. 어찔어찔 어지러워 비실거리다가 쓰러질 것만 같다. 소나기라도 한줄기 시원하게 뿌려주길 바라지만, 매지구름은커녕 솔개구름조차 보이지 않는다. 바람마저 얄밉게 기척이 없다. 우물에서 막 퍼 올린 냉수를 바가지에 담아 벌컥벌컥 마시면 좋으련만, 부지깽이도 바쁜 철이다.

어머니가 머리에 똬리를 얹어 새참을 이고 잰걸음으로 오셨다. 더위를 거침없이 쏟아내는 땡볕을 피해 소나무 그늘에 앉았다. 때마침, 솔솔 불어오는 청아한 솔바람에 땀을 식히니 더위가 쑥 내려간다. 밥보자기를 풀자, 정갈한 솜씨로 버무린 맛이 옹골차다. 뒤란 남새밭에서 뜯어내 정갈하게 씻은 상추에 풋마늘과 풋고추를 된장에 찍어 쌈을 쌌다. 입안 가득한 상추쌈을 올공거리자, 신이 난 혀가 도리깨춤을 춘다. 땀 흘리고 고생한다며 정성들인 바다 냄새 물씬한 갈치조림이 맛깔스럽다. 하지감자를 나박나박 썰어 넣고 바특하게 끓였다. 폴폴 나는 맛난 냄새에 코가 벌름거린다. 화랑게[1]로 담은 게장은 소금을 넉넉히 넣어 골마지[2]도 끼지 않아 짭조름하고 깔끔한 맛이다. 갯골을 발밤발밤 기어다니던 무장공자[3]의 기개는 어디 갔을까. 매화꽃[4] 가득 핀 간장에 푹 삭은 게장은 다른 반찬이 없어도 입맛 돋우는데 그만이다.

뻐꾸기가 구성지게 노래하고 멧비둘기도 신이 났다. 열무 꽃 위를 사부작사부작 춤추는 노랑나비가 흰나비의 꽁무니를 쫓고, 밭 가장자리 돌무더기에 핀 찔레꽃도 해사하게 웃는다. 서녁 하늘을 곱게 물들인 노을빛 그림이 눈길을 잡아챈다. 보리까끄라기에 긁혀 벌겋게 부어오른 팔에 힘이 빠질 즈음, 보리 베기를 마쳤다. 땀이 후줄근히 밴 아버지의 적삼에 소금꽃이 가득 피었다. 개밥바라기별이 얼굴을 내밀고 땅거미가 검실검실 밀려오는 시간, 찔레꽃 향기가 아버지를 졸졸 따라왔다. 보리 익는 냄새와 찔레꽃 향

---

1. 화랑게: 정약전이 흑산도 유배지에서 쓴 『자산어보(玆山魚譜)』에 '발을 들었다 접었다 하며 기어 다니는 모습이 춤추는 남자와 같다'는 뜻으로, '칠게'의 이름을 신라의 '화랑'이 집단으로 무술을 연마하는 모습을 떠올리며 '화랑게(花郞蟹)'라고 했다.
2. 골마지: 간장, 된장, 술, 초, 김치 따위 물기 많은 음식물 겉면에 생기는 곰팡이 같은 물질.
3. 무장공자: 無腸公子, 창자가 없는 동물이라는 뜻으로 '게'를 이르는 말.
4. 매화꽃: 장독대 항아리에 담은 간장에 활짝 핀 매화처럼 흰 물질이 떠있는 '간장꽃'을 일컫는데, 잘 숙성된 간장에서 볼 수 있다.

기가 저녁 공기를 휘저어 땀 냄새를 몰아냈다. 눈썹달이 차츰 살을 찌우더니 보름달로 중천에 걸렸다. 무논에 달빛이 미끄럼타면서 출렁이면, 개구리가 목청을 높이고 제멋대로 음표를 달고 오선지를 넘나들었다.

웃통 벗고 등목하러 우물가에 엎드리면 아버지가 두레박으로 물을 길어 등에 부어주셨다. 시원한 물이 등줄기를 타고 흘러내리며 하루의 수고와 삐질삐질 배어나던 땀이 말끔히 씻겼다. 대나무 평상에 개다리소반 놓고 가족이 오순도순 정답게 둘러앉았다. 아욱 넣어 끓인 구수한 우렁이 된장국에 숟갈이 분주하고, 고봉밥이 하늬바람에 게 눈 감추듯 사라졌다. 조곤조곤 들려주시는 아버지의 이야기가 구수했다. 별들도 초롱초롱 눈을 빛내며 꾸벅꾸벅 밀려오는 졸음을 참고 들었다. 잠자리에 누워 호롱불 끄면 보름달이 창문 너머로 흘금흘금 엿보며 푸짐한 달빛을 하염없이 풀어냈다. 시간이 설핏 기운 밤, 소쩍새 노래를 자장가 삼았다.

어머니와 마주 앉아 그리움을 꺼낸다. 가난했지만 살갑던 가족과 나눈 추억은 들출수록 애틋하고 아련하다. 아버지는 40년 전 땅보탬 하고, 지팡이 짚는 구순의 어머니가 틀니를 끼고 게장을 맛본다. 짭조름한 게장을 숟가락으로 떠서 밥에 얹으며 "아따 맛있네. 요로코롬 곰삭은 기장이 입맛 살리는데 최고랑께."라며 웃으신다. 아스라한 추억을 더듬는데, 눈시울에 자란자란 이슬이 고인다. "어머니 사랑합니다."라고 말씀드렸더니 "행복이 별것이간디, 요런 게 행복이제."라고 하신다. 수채화를 그리듯 가족 사랑을 꺼내 읽는 이 시간이 행복하다.

## 최우수상

행복은 늘 가까이 있어 - 김미옥

# 행복은 늘 가까이 있어

대구 · 김미옥

　또 꽝이다. 매주 로또 복권을 사는 건 아니다. 좋은 꿈을 꾸거나 왠지 될 것 같은 날 그때 복권을 산다. 그날의 기분도 그랬다. 갑자기 복권을 사야겠다는 강한 의지가 생겼다. 집 근처 명당 복권 자리를 인터넷으로 검색했다. 걸어서 30분 거리에 1등 당첨자와 2등 당첨자가 나왔던 복권 판매점이 있다. 긴 줄은 아니었지만 몇 몇의 사람들이 복권을 구매하고 있었다.

　자동 한 장과 직접 마킹한 번호 한 장, 두 장의 복권을 샀다. 집으로 향하는 길 괜스레 웃음이 흘러나왔다. 기분이 좋았다. 복권에 당첨되면 무엇을 할지 상상하며 걷는데 맑은 날에 소나기가 퍼부었다. 젠장, 이게 무슨 날벼락이라. 투덜대며 걷는데 바로 앞에 편의점이 보였다. 운이 좋게도 비닐우산 하나가 남아 있었다. 투명한 우산 위로 동그라미를 그리며 떨어지는 빗물이 빙그레 나를 보며 웃는 것 같았다.

18

오랜만에 빗속을 걸어본다. 산책로 옆으로 흐르는 물가에는 흰 뺨검둥오리들이 옹기종기 모여 있다. 멀리 떨어진 곳에 왜가리 한 마리가 비를 맞으며 고고히 물 위에 서 있다. 동화 속 한 장면 같은 광경에 걸음을 멈추었다. 핸드폰을 꺼내 그들의 모습을 담았다.

타닥타닥 우산 위로 떨어지는 빗소리가 고요해졌다. 어느새 비가 그쳤다. 조금 더 내렸으면 좋으련만. 멈춘 비를 아쉬워하며 우산을 접었다. 언제 비가 내렸냐는 둥 세상은 다시 환해졌다. 눅눅한 공기만 비가 왔었다는 것을 알려주고 있었다.

집으로 도착해 젖은 옷을 갈아입었다. 후드득 후드득 비가 오는 소리가 들렸다. 다시 비가 내리기 시작했다. 창밖으로 바라본 비의 풍광은 또 다른 멋을 뽐내고 있었다. 푸른 잎사귀는 더 푸르게. 시멘트 돌담은 빗물을 머금어 더 색이 진해졌다

가만히 비 내리는 풍경을 바라보고 있는데 허기가 졌다. '비가 오는 날에는 라면이지.' 콧노래를 흥얼거리며 라면을 끓였다. 라면이 익어 가는 시간이 마냥 즐겁다. 아이들이 마당에 내어놓은 플라스틱 채집통 위로 타닥타닥 떨어지는 빗소리를 들으며 라면을 먹었다.

토요일 저녁 8시 35분 복권의 당첨 번호가 발표됐다. 꽝이었다. 어떻게 불러주는 숫자만 빼고 다른 숫자만 내 복권에 적혀 있

는지, 피식 웃음이 났다.

  법정 스님의 말씀 중 '현대의 불행은 옛날과 달라서, 결핍이 아니라 과잉에서 옵니다. 내면에 있는 맑은 가난을 통해서만 삶의 진실을 볼 수 있습니다.'라는 말을 마음에 담고 살아간다. 이 말을 알지 못했던 지난날에는 웃지 못했다. 행복은 매일 내 곁에 있었는데 그것을 보지 못하고 살아 왔던 거다.

  비가 내리면 비가 내려서 좋고, 해가 쨍하고 나타나면 해가 나서 좋고, 바람이 불면 바람이 불어서 좋다. 로또에 당첨되지 않았다고 의기소침해 있는 건 더 이상 나랑 어울리지 않는다. 로또가 당첨되면 좋고 안 되어도 그만이다. 복권을 사러 가는 마음이 즐거웠고, 복권을 사서 돌아오는 설렘이 행복했다. 그것으로 충분한 하루였다.

  로또는 꽝인데 기분이 나쁘지 않다. 나의 하루가 꽝인 건 아니니까. 동글동글 웃으며 걷는 내가 있었으니까. 로또가 꽝이면 뭐 어때. 내 하루가 행복한 일투성인데. 그리 생각하니 기분이 빙그레해진다.

## 우수상

# 라면 동화

### 부산 · 김성준

  벌써 30년도 더 가까이 된 일입니다. 어렸을 때의 일인지라 기억은 흐릿하지만 그 일이 준 따뜻한 느낌만은 아직도 제 마음에 몽글하게 자리 잡고 있습니다.

  주민이 오십 명쯤 됐을까, 제가 살던 마을은 작고 한적한 어촌이었습니다. 작은 마을이었지만 사람들이 잘 가지 않는 길이 하나 있었습니다. 딱히 가지 말아야 할 이유는 없었지만 그리로 갈 이유도 없는 그런 길이었습니다. 버스를 타러 갈 때도, 방파제로 갈 때도, 논으로 갈 때도 그 길로 굳이 갈 필요가 없었습니다. 그래서인지 그 길에는 항상 잡초가 무성했습니다. 길가에는 대나무가 줄지어 잔뜩 자라나 있어 뭔가 스산한 느낌까지 주었습니다. 바람이 불 때마다 대나무는 서로의 몸을 비비며 으스스한 소리를 내곤 했습니다.

  그 길 끝에 허름한 집 한 채가 있었습니다. 양철 지붕인지 슬레이트 지붕인지, 비가 뚝뚝 샐 것 같은 지붕 아래에 곧 무너질 것 같은 토담이 간신히 바닷바람을 막아주는 그런 집이었습니다. 그 집으로 가는 길도 그렇고, 그 집도 그렇고 여간 느낌이 안 좋은 게 아니었습니다. 그래서인지 아이들 사이에선 이상한 소문이 돌았습니다. 귀신의 집. 그곳에 가면 귀신이 나온다. 딱 아이들다운 소문이었고, 그랬기에 저는 그 집에 얼씬도 못 했습니다.

늦여름이었습니다. 누나들은 밀린 여름방학 숙제를 하느라 신경이 곤두서 있었고, 할머니와 어머니는 고추밭 옆에 심어둔 옥수수를 따시느라 비지땀을 흘리셨습니다. 저는 심심했기에 두 분을 따라 고추밭에 가서 옥수수를 땄습니다. 제 몸통만큼 큰 광주리를 안고 어머니를 졸졸 따라다니며 옥수수를 담았습니다. 광주리가 다 차자 어머니는 옥수수를 집에 붓고 다시 오라고 시키셨습니다. 아직 따야 할 옥수수가 많이 남았던 것입니다.

낑낑거리며 가는데 날은 덥지, 광주리도 무겁지 여간 힘든 게 아니었습니다. 저는 그 집이 있는 길 쪽으로 방향을 잡았습니다. 그쪽은 키 큰 대나무 덕분에 응달이 져 있었기에 햇볕을 피할 수 있었던 것입니다. 설마 낮에 귀신이 나오겠어? 하고, 내리쬐는 태양만 믿고 걷기 시작했습니다. 하지만 좀 가다가 멈춰 서기를 반복했습니다. 옥수수를 너무 많이 담았던 것입니다. 마침 '귀신의 집' 앞을 지나가는데 도저히 들고 갈 수 없어서 잠깐 멈춰야 했습니다. 웬만하면 다른 데서 쉬고 싶었지만 더는 힘이 없었습니다. 저는 잠시 광주리를 놓고 땀을 닦았습니다. 다 닦고 티셔츠를 놓자 제 눈앞에 귀신이 서 있었습니다. 아직도 그 살벌한 표정이 잊히지 않습니다. 쭈글쭈글한 얼굴에 눈은 희멀겋고 백발은 헝클어져 마음대로 흩날리고 있었습니다. 저는 깜짝 놀라고 소름이 돋아 입이 떨어지지가 않았습니다.

"너, 여기서 뭐 해?"

"······."

저는 무서워서 대답하지 못하고 그대로 집으로 도망을 쳤습니다. 고추밭에서 저를 기다리던 어머니는 제가 돌아오지 않자 걱정이 돼 집에 오셨습니다. 옥수수는 어디에 있느냐고 어머니가 물으셨지만 저는 도저히 대답을 할 수가 없었습니다. 추궁 끝에 귀신의 집을 가리켰습니다. 어떤 까닭인지 어머니는 한숨을 푹 내쉬었습니다.

"옥수수는 됐다. 다시 따러 가자."

저는 그때 어머니도 귀신이 무서워서 그러시는 줄 알았습니다. 귀신에게서 옥수수를 찾아올 수 있는 사람은 없을 테니까요. 하지만 그 귀신의 정체는 마을의 유일한 독거노인이셨습니다. 누나가 학교에서 돌아오자마자 저는 귀신의 집에서 겪은 일을 장황하게, 극도로 흥분상태에서 떠들기 시작했습니다. 누나는 웃음을 터트렸습니다. 귀신이 아니라 혼자 사시는 할머니라는 것입니다. 그 시절만 해도 독거노인은 흔치가 않고, 가족끼리 모여 사는 게 일반적이었습니다. 저는 왜 할머니가 혼자 사시는지 도무지 이해할 수가 없었습니다.

"왜 혼자 사는데?"

내가 물었지만 누나도 모른다고 답했습니다. 누나도 그때 고작 10살이었으니까요.

어머니께 여쭤보니 어머니는 혼잣말처럼 딱한 사정을 들려주었습니다. 그 댁 할아버지는 진작 돌아가셨고, 아들이 한 명 있지만 어디 가서 뭘 하는지 통 알 수 없다는 것입니다. 가난한 데다 눈까지 잘 안 보여서(눈이 희멀겋게 보였던 건 아마 백내장 때문인 듯싶었습니다.) 사는 게 참 팍팍하다는 것입니다. 저는 어려서 가난과 늙음과 병듦이 주는 고통을 제대로 이해하지는 못했지만 본능적으로 눈물을 흘리며 훌쩍거렸습니다.

"누나, 돈 얼마 있는데?"

저는 장판 밑에 감춰둔 500원짜리를 꺼내며 물었습니다. 그건 작년 설날에 받았던 용돈 중 아끼고 아껴 아직 남겨둔 거금이었습니다. 누나는 200원이 전부라고 했습니다. 누나 친구 '이쁜이 누나'는 돼지저금통이 꽤 불룩하지만 그걸 건드렸다가는 집에서 쫓겨난다고 말했습니다. 그렇게 다 모아보니 900원이 고작이었습니다. 그 당시 900이면 초콜릿을 4개나 사고 알사탕 두 봉지를 더 살 수 있는 큰돈이었지만 불쌍한 할머니를 돕기에는 턱없이 부족했습니다. 우리 셋은 머리를 맞대고 그 돈을 가장 잘 쓸 수 있는 방법이 무엇인지를 의논했습니다. 100원짜리 쇠고기라면 아홉

봉지. 그게 결론이었습니다.

라면을 사긴 했지만 막상 그 할머니 집에 가는 게 겁이 났습니다. 차라리 그 할머니가 어디 나가셨으면 했습니다. 다행스럽게도 할머니는 안 계셨습니다. 우리는 들고 간 라면을 마루에 놓고 후다닥 도망을 쳤습니다. 그 후로도 누나들과 저는 간식을 쪼개거나, 바다에 널려 있는 오징어를 몇 개 슬쩍해서 할머니 집 마루에 놓고 도망치곤 했습니다. 가난한 할머니가 제대로 못 드실 거라 생각했던 것입니다.

그렇게 뭘 놓고 후다닥 뛰어가는 우리들의 마음은 정말 기쁘고 뿌듯해 부풀어 오르는 것 같았습니다. 할머니는 정말 영문을 모르셨을 겁니다. 어디 갔다 왔더니 집에 먹을 게 놓여 있는 건 동화에서나 나오는 이야기니까요. 저는 그 일을 계속하느라 초콜릿과 과자를 포기했지만 더 맛있는 걸 얻었습니다. 입보다는 마음을 더 즐겁게 하는 훈훈한 기억 말입니다.

# 몸

### 광명 · 길호빈

아빠는 '목욕재계'라는 목욕탕에서 일하는 세신사였다. 주말마다 나는 아빠가 일하는 목욕탕에서 온탕과 냉탕을 번갈아 가며 물놀이를 하곤 했다. 냉탕에 오래 몸을 담갔다가 온탕으로 몸을 옮기면, 속은 아직 차가운데 겉은 뜨거워져서, 마치 부글부글 끓는 냄비에 투하하는 주꾸미가 된 기분이었다. 그 기묘한 전율을 느끼며 나는 사람들 몸의 때를 밀어주는 아빠를 바라보곤 했다. 아빠는 뜨거운 물을 한 번 뿌려 침대 위를 깨끗이 닦아 정리한 다음, 손님을 맞이했다. 손님이 천장을 보고, 벽을 보고, 바닥을 보며 팔을 올렸다 내렸다 하는 동안, 아빠는 손에 이태리타월을 끼고 온 힘을 다해 손님의 때를 밀어냈다. 오랜 시간 때를 불린 손님의 몸에선 지우개 가루처럼 밀면 미는 대로 회색 반죽이 나왔다. 그렇게 때를 다 밀고 나면, 손님도 아빠도 활짝 웃으며 기분 좋게 헤어졌다. 아빠는 목욕탕의 이름처럼, 목욕을 하여 몸을 정갈히 하는 것이 마음을 가다듬고 부정을 피하는 데 중요한 역할을 한다고 생각했다. 자부심을 느끼며 세신사 일을 했기 때문이었는지 일을 마무리하고 목욕탕 밖으로 나올 때, 아빠의 표정엔 늘 엷은 미소가 번져 있었다.

그런데 갑작스레 온 나라에 확산된 코로나19가 우리 가족의 평화를 깨뜨렸다. 등교하는 길에 사상자가 벌써 몇백 명이라는 라디오 방송을 들으며 나는 조금 불안해졌다. 나는 학교가 끝나자마자 서둘러 집으로 돌아와 아빠 일이 빨리 끝나기만을 기다렸다. 숨막히는 적막을 깨기 위해 작은 소리로 티브이를 틀어놓고 소파에서 뒹굴거리다 보니 몸이 저절로 나른해졌다.

내가 꾸벅꾸벅 조는 동안, 오늘부터 공공장소 운영 시간을 제한한다는 뉴스가 어렴풋이 귓가에 들려왔다. 그리고 얼마 후, 아빠가 초췌한 얼굴로 거실에 들어왔다. 평소 같으면 아빠는 현관에 들어오자마자 호탕한 목소리로 날 불러서 꼭 껴안아 줬겠지만 그날은 뭔가 달랐다. 아빠는 힘없이 목욕탕 용품들을 바닥에 내려놓았다. "정부의 제한 시간이 저녁 8시까지라 퇴근한 손님들이 목욕탕에 들어오질 않아." 아빠가 한숨을 쉬며 말했다. 코로나19의 유행이 극심해진 이후로, 아빠의 일은 점차 줄어들어 갔다. 전염병이 유행하는 지금 상황에서 공공장소이자 초밀집 구역인 목욕탕은 절대로 살아남을 수 없는 것이 당연했다. 목욕탕 사장님은 결국 전염병이 멈출 때까지 잠깐 동안 목욕탕 문을 닫기로 결정했다.

햇살이 눈부신 날이었다. 창밖에서 아카시아 꽃향기가 날아 들어와 내 코를 간지럽혔다. 그 향기 덕에 나는 기분 좋은 꿈을 꿀 것 같은 마음이 되어 얼굴에 옅은 미소를 띠고 몸을 가볍게 뒤척였다. 그런데 곁에서 인기척이 느껴졌다. 그 순간 나는 정신이 번쩍 들었다. 아빠가 세신 일을 할 때는 늘 새벽부터 집에 없어서, 내가 일어났을 때는 혼자인 게 당연했기 때문이다. 아빠였다. 아빠가 내 곁에 천장을 바라보고 바르게 누워 곤히 잠들어 있었다. 아이처럼 숨을 색색 내쉬는 아빠는 아주 깊은 꿈을 꾸고 있는 것 같았다. 나는 아빠도 나처럼 좋은 꿈을 꾸면 좋겠다고 생각했다. 하루아침에 하나뿐인 직장을 잃은 탓에 상심이 클 아빠의 마음이 무척 걱정되었기 때문이다. 다행히 잠에서 깬 아빠는 실직의 슬픔 따위는 금방 잊어버린 듯 에너지가 넘쳤고, 다시 새로운 일자리를 열심히 찾아 나섰다.

아빠는 중년의 나이에 어렵지 않게 할 수 있는 일들을 시도해 보았다. 첫 번째는 보험회사에 취직하는 것이었다. 그곳에서는 보험 상품을 과장되거나 허위로 광고하는 일, 보험 약관을 불명확하게 작성하여 보험금 지급을 회피하는 일, 불필요한 수수료로 소비자의 부담을 증가시키는 일을 해야만 했다. 아빠는 남을 속이는 야비한 짓을 할 수 있는 사람이 못 됐다. 보험사 일을 삼 일만에 그만둔 것은 당연한 일이었다.

그다음으로 아빠는 중국집 서빙 일을 하려고 했다. 그런데 아빠가 일하기로 한 가게는 도저히 음식점이라고 부를 수 없을 만큼

위생이 열악한 곳이었다. 손님용 테이블에는 적어도 며칠은 지난 것으로 보이는 소스와 김칫국물 몇 방울이 손톱으로 긁어낼 수도 없을 만큼 딱딱하게 굳어 있었다. 분홍색 행주에서도 역겨운 냄새가 났다. 늘 청결을 가장 중요한 미덕으로 생각해 온 아빠는 가게에 들어선 지 5분도 안 되어 뛰쳐나와 버렸다.

마지막으로 아빠는 부동산 중개 대리 일을 도왔다. 그러나 그곳도 보험사와 마찬가지였다. 이미 팔린 부동산으로 고객을 유인하고, 시세보다 높은 가격에 구매를 유도하거나, 정해진 중개 수수료보다 더 많은 금액을 청구하여 이익을 챙기는 식이었다. 아빠는 이제 진절머리가 난다고 했다. 돈이 뭐라고 이렇게 떳떳하지 못하게 사는지 이해할 수가 없다고 했다.

토요일 아침이었다. 우리는 서로 아무 말도 하지 않고 소파에 엉덩이 모양 그대로 깊은 자국이 날 때까지 멍하니 앉아 있었다. 아빠의 낯빛이 어두웠다. 목욕탕이 문을 닫았을 때보다 훨씬 슬픈 표정이었다. 솔직하고 당당하게, 깨끗하게만 살아갈 수 없는 세상을 경험한 탓이었다. 아빠는 어깨를 한껏 웅크리고 멍하니 허공을 바라보고 있었다. 그 아래로 어둡고 침울한 그림자가 드리워졌다. 아빠가 쓸쓸한 웃음을 지었을 때, 난 스스로를 갉아먹는 아빠의 모습을 더는 견딜 수가 없었다.

아빠에게는 목욕재계가 필요했다. "아빠, 우리 목욕재계하러 가요!" 나는 아빠의 손을 꼭 잡고 목욕탕으로 향했다. 두 손 사이에 땀이 나 자꾸 미끄러지려 해도 아빠의 손을 놓치지 않았다. 땀이 나는데도 붙잡고 있는 두 손이 좋았기 때문이다.

목욕탕에는 우리 둘뿐이었다. 온탕에 몸을 담그고 그동안 쌓인 피로를 마음껏 풀었다. 몸을 적당히 불리고 아빠를 씻겨드리려고 탕에서 나왔더니, 20년 차 세신사인 아빠는 벌써 손에 이태리타월을 끼고 때를 밀 준비를 하고 계셨다. 아주 오랜만의 세신이라는 생각에 조금 설레어하시는 것처럼 보이기도 했다. 그렇지만 지금은 내가 아빠를 깨끗이 씻겨드릴 차례였다.

한참을 서로 씻겨주겠다고 엎치락뒤치락 하다가 결국엔 내가 이겼다. 아빠는 평생 남의 몸을 씻기기만 했지 자신이 그런 대접을 받는 것은 처음이라며 어색한 듯 자꾸 멋쩍은 웃음을 지었다. 아빠의 몸에 비누칠을 하자, 비눗방울에 반사된 빛들이 아빠의 온몸을 덮었다. 아까 전의 우울한 그림자는 온데간데없이 사라지고 아빠의 몸은 반짝 빛나기만 했다. 나는 아빠의 몸에 남은 부정의 기운도 전부 몰아내주겠다는 마음으로 때를 밀었다. 때를 밀 때마다 세상의 비열하고, 역겹고, 구린내 나는 일들이 회색 반죽이 되어 아빠에게서 떨어져 나갔다. 그리고 드러난 아빠의 맨살에선 순결한 살 내음이 났다. 그것이 아빠의 본질이었다. 아빠는 그 모습 그대로 깨끗하게 이 세상을 살아가면 되는 것이었다. 나는 그동안 나를 위해 수고한 아빠의 몸을 구석구석 깨끗이 씻겨주었다. 이제 우리의 시간은 행복으로 물들었다.

# 우표

## 강릉 · 최원규

아침부터 요란한 소리가 집 안을 가득 메웠다. 덕분에 평소에 일어나지도 않은 시간에 눈이 떠진 나는 방 밖으로 나왔다. 내 눈 앞에 보인 광경은 어머니와 할머니가 말다툼을 하는 모습이었다. 별로 놀라지는 않았다. 최근 몇 개월간 할머니와 어머니는 눈만 마주쳤다 하면 싸웠다. 어머니가 원래부터 이랬던 것은 아니었다. 할머니가 치매 판정을 받으시면서 가끔씩 이해가 안 되는 행동을 했다. 그로 인해 어머니의 불평은 이만저만이 아니었다.

할머니의 증상 중에서 가장 심각했던 것은 늘 우표를 끌어안고 계시는 거였다. 할머니는 가끔씩 창고에 들어가 한참 동안 계셨다. 그리고는 먼지가 가득 쌓인 상자를 들고 나와 거실 한복판에 서 상자를 열어 보곤 하셨다. 그 안에는 우표가 수북하게 들어 있었다. 사실 할머니가 치매에 걸리기 전까지 그런 상자가 존재하는지 아무도 몰랐다. 할머니는 우표를 들고 대화를 하거나 색칠을 하는 등 우표를 마치 장난감 다루듯이 하셨다. 우표를 가지고 놀던 할머니의 표정은 어린아이 같았다.

어느 날 할아버지의 영정 사진이 세워진 거실에서 할머니는 어머니와 한참 동안 한바탕 하셨다. 화가 난 할머니는 점심을 먹을 시간이 됐는데도 먹지 않고 그대로 방에 들어가셨다. 그 후 집안은 고요해졌다.

할머니는 점심을 드신 후에 낮잠을 주무신다. 어머니는 할머니 방문을 조심히 열고 방 안을 살피더니, 거실 중앙을 차지하고 있던 우표 꾸러미를 노려봤다. 어머니는 모든 우표를 쓰레기봉투에 넣으시더니, 나에게 그 쓰레기봉투를 건네며 쓰레기장에 던져두고 오라고 하셨다. 나는 머뭇거리다가 마지못해 대답을 하고 문 앞에 섰지만 선뜻 나갈 수가 없었다. 나는 발걸음을 돌려 어머니의 눈을 피해 내 방으로 들어갔다. 나는 우표 꾸러미를 내 방 침대 밑에 몰래 넣어두었다.

몇 시간 뒤 낮잠에서 깬 할머니가 방문을 열며 밖으로 나오셨다. 할머니는 휑한 거실 바닥을 뚫어지게 보다가, 어머니에게 달려가 우표가 어디 있냐며 떨리는 목소리로 물으셨다. 어머니는 계속 모른다고 할머니를 흘겨보았다. 할머니는 실수로 쓰레기통에 버린 것이 아니냐며, 신발도 안 신고서 밖으로 나가셨다. 나는 빠르게 달려가서 할머니를 붙잡았다. 나는 할머니에게 우표는 쓰레기장에 없다고 말씀드렸다. 나는 할머니의 손을 꼭 붙잡고 집으로 돌아왔다. 할머니는 집으로 돌아오는 길 내내 우표가 어디 있냐는 말만 반복하셨다. 나는 할머니에게 내 방 침대 밑에서 우표 꾸러미를 꺼내 보여드렸다. 우표가 무사한 걸 보자마자 안심이 됐는지 할머니는 그 자리에 털썩 주저앉으셨다. 나는 그런 할머니를 부축해 드렸다. 할머니는 내 침대에 걸터앉아 벚꽃이 그려진 우표를 내게 보여주셨다. 족히 10년 이상은 되어 보이는 우표였다. 할머니는 그 우표를 할아버지한테 받았다고 자랑하셨다.

우리 할아버지는 한평생 여행 작가로 일하셨다. 아버지 말로 할아버지는 여행을 위해 집을 자주 비웠을 정도로 여행을 사랑하신 분이었다. 그 덕분에 할머니는 할아버지와 함께 다양한 나라를 여행했다. 그 여행들이 할머니의 행복이었고 그 행복한 기억들이 조각으로 흩어져 할머니의 머릿속을 떠돌아다녔다.

할머니는 할아버지와 오사카성에서 벚꽃을 보며 나란히 걸은 기억을 떠올리셨다. 그리고는 우표 꾸러미 사이에 있던 사진 한 장을 보여주셨다. 기모노를 입고 할아버지와 나란히 찍은 사진이었다. 할머니는 할아버지가 선물한 기모노라고 하셨다. 할머니는 할아버지와 벚꽃을 구경하며 걷던 중 길가에서 팔고 있는 우표를 샀다고 하셨다. 그것이 바로 할머니가 나에게 보여준 벚꽃 우표였다.

할머니는 할아버지와 미국으로 여행을 갔을 때 뉴욕의 거리를 걷던 중 어느 서점 앞에서 구한 만화 영화 우표를 보여주기도 하고, 서울올림픽 때 야구를 보기 위해 서울종합운동장을 가던 중

길에서 산 기념우표를 보여주기도 하셨다. 할아버지를 기억하는 할머니의 눈이 깊게 젖어 들었다.

잠시 뒤 할머니는 다른 책자를 밖에서 들고 오셨다. 할머니는 책자를 나에게 건네며 펴보라고 하셨다. 책자 안에는 다양한 크리스마스 우표가 있었다. 할머니께서는 매년 크리스마스마다 할아버지와 함께 흩날리는 눈을 맞으며 남산 둘레길을 걸었다고 하셨다. 함께 시간을 보냈고, 집으로 가기 전에 그 날을 기념할 우표를 골랐다고 했다. 그러면서 할머니는 올해 어떤 크리스마스 우표를 고를지 정말 기대된다고 말씀하셨다. 나도 모르게 할머니와 손을 맞잡았다. 올해는 내가 할머니와 크리스마스 우표를 골라야 할 거 같다는 생각이 들었다.

나는 할머니의 우표 꾸러미를 내 침대 깊숙이 숨겨두었다. 할머니는 몇 번이나 고개를 숙여 침대 밑을 확인하셨다. 나는 할머니에게 어머니가 못 보는 곳에 숨겨 둔거라고 안심시켰다. 할머니가 방으로 돌아간 뒤, 나는 침대 밑에 손을 넣어 우표 꾸러미를 꺼냈다. 나는 우표를 한 장 한 장 보다가 잠에 들었다.

선잠에 들었을 때 인기척이 들려왔다. 눈을 살며시 떠보니 할머니가 내 방에 들어와서 침대 밑에 손을 넣어서 우표를 꺼내고 계셨다. 할머니는 우표를 한 장 한 장 들여다보고는 하염없이 우표들을 쓰다듬으셨다. 어두운 방 안, 거실 불빛이 새어 들어와 할머니의 표정을 비추고 있었다. 할머니의 얼굴은 그리움으로 가득

차 있었다.

"영감, 그때 같이 봤던 벚꽃이 올해도 피겠지요?"

할머니는 허공을 바라보며 읊조리셨다. 나는 조용히 일어나 할머니에게 다가갔다. 할머니의 하얀 머리가 풍성하게 핀 벚꽃처럼 보였다. 나는 할머니의 어깨를 가만히 안아드렸다. 할머니의 자그마한 어깨가 들썩였다.

"할머니 봄이 오면 꼭 벚꽃 보러 가요. 근데 할머니 머리에 핀 벚꽃이 더 예쁘다."

"정말이니?"

할머니는 나를 조용히 올려다보니 서글픈 미소를 지으셨다.

"응, 할아버지도 좋아할 거야."

나는 몇 번이나 고개를 끄덕여드렸다.

할머니와 맞잡은 두 손이 점점 따뜻해졌다. 할머니의 행복은 사랑하는 할아버지와 함께했던 모든 순간들이었다. 나는 할머니의 행복을 충족시킬 수 없지만 그 빈자리를 조금이나마 채울 수 있다면, 내가 할머니 곁에서 도움이 되고 싶었다. 그렇게 하면 할머니가 조금은 더 행복해질 수 있지 않을까.

## 장려상

코다리찜 엄마의 밥도둑이 되다 ― 강선국

낡은 흑백 사진 한 장 ― 김동곤

아침밥상 행복론 ― 박정순

맑은 그리고 나누는 ― 최형만

# 코다리찜, 엄마의 밥도둑이 되다!

## 아산 · 강선국

어느새 엄마의 허리가 활처럼 휘었다. 두 살배기의 걸음보다도 한참은 느리다. 지팡이에 포개진 삶의 무게감이 잔디마당에 샘이라도 팔 기세다. 기우뚱거리며 내딛는 걸음마다 연신 "휴", "아", "아이고", 내뱉는 외마디 소리에 가슴이 아리다 못해 터질 것 같다. 잠시 불효자의 눈가에 눈물이 핑 돌지만, 들킬세라 허공으로 삼킨다.

사실, 엄마는 근 팔십 평생 노동으로 모든 관절이 마모되고, 특히 고관절에 변성이 와서 인공관절 수술밖에 답이 없다 하신다. 하지만 연로하시고 심장질환까지 겹쳐 수술이 불가능한 상황이다 보니 세상을 등지는 날까지 고통과 싸우며 삶을 연명하는 방법이 최상이라 하신다. 자식으로서 억장이 무너지는 아픔이 있지만 어찌할 도리가 없는 현실에 자책감만 커질 뿐이다.

엄마는 요즘 들어 짜증만 더 느셨다. 눈물도 많아지신 것 같다. 어느 날 찾아뵈면 눈이 퉁퉁 부어 계신다. 몰래 이모님께 전화해 보면, "니네 엄마 밤새 한숨 안 자고 울었단다. 원통하고 억울해서…." 전화기 너머로 이모님의 목소리에도 눈물이 섞인다.

어찌할꼬! 엄마를 찾아뵐 때면 이것저것 맛있다는 것은 뭐든지 사다 드리지만, 그냥 썩혀서 버리기 일쑤다. 사실 음식 창고가 이마트를 방불케 하지만 무용지물이다.

하루는 엄마한테 애걸복걸 부탁했다. "엄마, 잡숫고 싶은 거 얘기해요. 사다 드릴게요. 지금 시장에 왔어요." 엄마는 나와 한참 실랑이를 벌이다 지치셨는지 지나가는 말투로 "그거, 그거 있잖니, 코다리. 코다리나 사와 봐! 한번 먹어보게." 하신다. 난, 오늘따라 발걸음이 가볍다.

득달같이 생선가게로 향했다. "사장님, 코다리 있죠? 좀, 튼실한 걸로요." 2만 원에 8마리를 사왔다. 조금 부족할까, 아니야 이 정도면 충분해. 어느 때보다 집중해서 간을 맞추고 코다리찜 양념을 얹는다. 꼭 수능 날의 수험생의 마음이었다.

코다리를 넣고 불을 지폈다. 제대로 코다리의 때깔이 입혀져

갔다. 드디어 완성! 기똥차다! 장장 3시간의 사투로 완성된, 진정한 승자의 여유로움이 묻어나는 맛.

다음날 동트기 전, 코다리찜을 마치 사주단자 꾸리듯 정성을 다해 예쁜 보자기에 담아, 엄마 집으로 발걸음을 재촉했다. "엄마, 나 왔어요! 어딨어?" 다리를 질질 끌며 지팡이에 의지한 채, 현관문을 열고 나오는 엄마의 얼굴에 수심이 가득하다. 그래도 기쁜 마음에 아들을 맞이한다.

"엄마, 아침 아직 못 드셨지? 엄마가 코다리 사 오라고 했잖아요? 아무리 생각해도 그냥 갖고 오면 엄마가 못 해 드실 거 같아서 며느리랑 맛있게 만들어왔어."

순간 엄마의 입가에 옅은 미소가 머물며 얼굴에 화색이 돈다.

"잘했다. 그렇지 않아도 이걸 어떻게 하나 걱정했는디, 감사하고 고맙다."

난 쏜살같이 밥상을 차렸다. 역시나 냉장고는 비어 있고 마른 반찬도 없다. 밥솥에 밥은 언제 해놓으셨는지 누룽지로 변해가고 있었다. 가슴이 미어진다.

코다리를 드실 수 있도록 가시를 발라내고 살점을 접시에 담아 드리니 엄마의 눈가에 웃음이 번진다. "어여 너나 먹어라! 내가 발라서 먹을 테니. 네가 배고프것다!"

엄마는 코다리 맛에 꽂히셨나 보다. 밥은 안 드시고 연거푸 코다리만 2~3개 드시고, 조려진 무 한 점을 드신다.

"얘야, 참 맛있다! 어떻게 이렇게 맛있게 했다냐? 나는 이렇게 맛있게 안 되는디. 무가 쫄깃하고 달짝지근하고, 입에서 살살 녹는다. 기맥히다! 내가 오래 살다 보니 이런 맛도 느끼는구나! 울 애기한테 고맙다고 꼭 얘기하거라. 맛있게 잘 먹었다고!"

그날 엄마는 점심도, 저녁도, 다음 날 아침도 코다리로 밥 한 그릇을 뚝딱 해치우셨다.


이때까지만 해도 난 그냥 인사치레로 맛있게 드시는 줄 알았다. 그런데 아니었다. 어머니는 정말 기막힌 맛이라며 그동안 먹어본 그 어떤 음식보다 최고의 맛이라 극찬을 하셨다. 그렇게 엄마는 일주일 넘도록 끼니때마다 밥도둑 코다리를 한 토막씩 아껴가며 드셨다.


요즘 수화기에 흘러나오는 엄마의 목소리가 우렁차게 들린다.

"아들, 코다리찜 다 먹었다! 언제 또 올 수 있니?"

밝고 건강한 엄마의 목소리에 나의 마음에도 행복이 피어난다. 오늘은 코다리 공장을 찾아가 봐야겠다! 아예 몇 년 치 코다리를 찜해야겠다.

아~ 오늘도 솥단지엔 코다리가 익어간다.

# 낡은 흑백 사진 한 장

## 울산 · 김동곤

2006년부터 '블로그'라는 걸 했으니, 올해로 18년이 되어 간다. 무분별하게 개인의 사생활이 침해되거나, 잘못된 정보가 전달되는 부작용은 있지만, 블로그는 그런저런 내 일상을 기록하는 매체로서 나에게 소중한 공간이 되었다.

오늘 아침, 여느 날처럼 블로그에 들어가니 다음과 같은 글이 하나 씌어 있었다.

"선생님, 기억하실는지요. 1990년에 연세대 건축과에서 여름에 갔었는데요. 이사 가려고 정리하다가 보니 34년 전 숙림 마을에서 찍은 사진, 편지가 아직 있네요. 제가 중학생들과 함께했는데, 은조, 윤선, 원아……. 이제 아이들은 마흔이 훌쩍 넘은 어른이 되었겠네요. 저는 김남식이라 하고 진주에서 LH에 다니고 있습니다. 늘 건강하시고 행복하시길 빕니다.

처음엔 그냥 그런 글이려니 무심코 읽었다. '선생님'하고 글을 시작하고 있어, 오늘도 어느 졸업생 제자가 쓴 글이려니 했다. 그러나 글을 쓴 사람은 제자가 아니었다. 34년 전, 그러니까 1990년 여름 방학 때, 우리 마을에 농촌 봉사 활동을 왔던 연세대학교 학생이었다. 34년 만의 만남이라니, 새삼 인터넷의 위력이 실감났다. 불현듯 34년 전 그때가 생각났다. 나는 여느 때와 달리 바로 답글을 썼다.

"네, 기억이 생생해요. 저도 그때 일기장을 가지고 있어요. 정말 반가워요. 정말 오래전이었네요^^ 저도 그때 시절 떠올리니 새삼 그립네요. 그때 분들 많이 보고 싶어요. 혹 시간 되면 또 만날 수 있겠지요? 진주나 가까운 곳에 가게 되면 제가 연락드릴게요. 제 전화번호는 010-****-****이랍니다."

대학 4학년 여름 방학, 무엇을 할까 고민도 많았던 시절이 갑자기 내 앞으로 다가왔다. 세상은 시끄러웠다. 정치판은 1990년 1월과 2월에 여당인 민주정의당과 야당인 통일민주당, 신민주공화당이 합당하여 민주자유당을 창당하면서 시국은 어수선했다. 야당과 학생은 이를 야합(野合)이라고 규정했고, 서울에서는 연일 시위가 이어졌다.

그렇지만 나는 여느 때처럼 그해 여름 방학도 시골 고향에 내려와 있었다. 무엇을 해야 할지 막막했지만, 낮에는 산으로 들로 다니며 일 아닌 일을 거들었고, 밤이면 신문을 뒤적거리거나 재실 (齋室)에 가서 혼자 드러누워 책이나 보면서 시간을 죽이고 있었다. 목적도 방향도 없이 그저 시간을 보내던 중이었다.

그때 뜬금없이 우리 마을에, 첩첩 산골인 우리 마을에 서울에서 대학생들이 들이닥쳤다. 어떤 인연이었는지는 몰라도, 처음엔 이렇게 깊은 산골까지 내려온 그들이 의아할 수밖에 없었다. 대한민국의 하고많은 농촌 마을 가운데 그들은 어떻게 우리 마을을 알고 찾아왔는지 도무지 짐작이 가지 않았다.

나중에 이래저래 귀동냥으로 들어 보니, 연세대학교에서 왔다는 이야기였다. 고향에는 대학생이었던 마을 선배나 후배가 모두 도시에서 오지 않았고, 명색 대학생이라곤 졸업을 앞둔 나 하나밖에 고향에 없었다. 내가 졸업을 앞둔 4학년이라는 것을 빼곤, 의식이나 생활면에선 그들에게 다가갈 용기가 없었다. 그렇지만 그들은 서울에서 온 손님이라는 생각이 들었다. 아까운 시간을 쪼개서 온 손님에게 인사 정도는 하는 게 도리가 아닌가 싶었다. 그래서 어느 날 밤, 나는 쭈뼛거리면서 어색하게 그들에게 가서 말을 걸었다. 그리고 며칠간인지는 몰라도, 나는 어색하지만 그들과 어울렸고, 시간을 함께했고, 여름이 끝날 때쯤 그들을 떠나보냈다. 그들이 남기고 간 것은 짧은 추억과 공책 한 권이었다. 더도 덜도 아닌, 이것이 1990년 여름에 내가 맞은 전부였다.

여름이 끝나고, 다시 서울로 올라가서 2학기를 보냈다. 그리고 졸업을 맞이했다. 다행히 울산에 교사 자리를 얻고 33년이라는 세월을 보냈다. 그 사이에 가끔 1990년 여름을 떠올렸지만, 시간이 흐르면서 그 여름 방학을 떠올리는 횟수는 줄어들고, 어느덧 내 기억에서 사라졌다.

그런데 오늘 문득 그때 여름 방학을 블로그라는 것이 소환해 주었다. 인터넷에 별로 곱지 않은 시선을 가진 나에게, 오늘 아침 블로그에 적힌 글 하나는 나를 인터넷에 지극히 감사하도록 만들어 주었다. 전화번호가 오가고, 마침내는 빛이 바랜 그때 사진 한 장이 내 메일로 날아왔다. 지금은 사라진 마을 창고 앞에서 찍은 흑백 사진이었다.

사진을 보내 준 그때 그 사람은 앞줄 가운데 아이들 사이에 있었다. 얼굴은 하나도 기억이 나지 않았다. 뒤에 서 있는 사람들도 마찬가지였다. 내 눈엔 사라진 창고 건물만 눈에 익었다. 풋풋한 모습으로 그때 우리 마을에 와서 땀을 흘린 사람들에게 나는 마음속으로, '미안해요, 고마운 사람들을 기억하지 못해서.'라고 말했다.

행복한 마음으로 정말 오랜만에 서재 한켠에 먼지를 덮어쓰고 있는, 그때 그들이 내게 남기고 간 일기장을 꺼냈다. '의미 있는 젊음의 노트'라는 제목이 첫 페이지에 씌어 있었다. 몇 장 되지 않앞지만, 나는 다시 소중하게 읽어 보았다. 그 글에는 정말로 제목처럼 그때 그 사람들의 젊음이 배어 있었다. 그 젊음에는 사람 냄새가 있었고, 그 냄새는 맑은 향기를 풍기고 있었다. 노트의 글과 사진을 번갈아 보면서, 그들처럼 살지 못한 내가 부끄러웠다. 사진 한 장과 낡은 노트 한 권은 오늘 나를 부끄럽게 만들었지만, 한편으로는 나를 아주 행복하게 만들어 주었다. 인연 따라온 그들이었으니, 또 언젠가 인연 따라 만날 날이 있으리라 생각한다.

오늘 문득 사람이 보고 싶다.

# '아침 밥상' 행복론

## 인천 · 박정순

05:50에 맞춰 둔 알람 소리로 시작되는 새벽.

수십 년간의 생활이 몸에 배었음에도 벌떡 일어나기 쉽질 않거니와, 갈수록 정도가 심해져선 안 되겠다 싶어 정신 바짝 추슬러 봅니다. 시대가 바뀌었고 남녀평등 세상이 됐다는 말이 사방에 넘쳐나도 동틀 녘의 주방은 오로지 나 홀로 공간, 여러 해째 식구가 늘도 줄도 않으니 눈대중해 퍼온 쌀을 씻고, 손대중으로 밥물 맞추어 전기밥솥에 안친 다음 버튼을 누릅니다.

"취사를 시작합니다."

6인용 밥솥이 나에게 말을 겁니다. 늘 듣던 소리고 딱딱한 기계음이지만 그래도 아침마다 새롭게 느껴집니다. 다른 식구들의 금쪽같은 숙면을 방해하지 않으려고 무음 상태로 켜둔 TV 화면은 지난밤의 온갖 세상사를 숨 가쁘게 알립니다.

참았던 내 하품을 대신해 주는 것처럼, 압력밥솥이 뜨거운 김을 한꺼번에 내뿜으면 몸과 마음은 더 분주해집니다. 밥물 잦아들고 뜸 드는 동안에 가스레인지 위의 국과 반찬들도 한 가지씩 완성되어 갑니다. TV 프로그램에 '먹방'이 유행하면서 제법 손맛 좋다는 소리 듣던 내 음식솜씨에다 갖은양념을 더하여 그릇그릇 담아내도 툭하면 헛수고가 되곤 하는 현실, 하지만 오늘도 노력과 정성을 다해 아침상을 차립니다.

내 행복 요건 첫 순위인 일에 소홀할 수 없으려니와, 가족들한테라도 '맛집'이라 인정받고 싶은 소소한 욕심 또한 작지 않습니다.

혹독한 엄동설한을 꿋꿋이 버텨낸 모든 생명들이 새삼 돋보일 만큼 험난하던 내 어린 시절, 채 여물지 않은 곡식을 거둬다가 풋바심해 먹은 탓에 더욱 고단하던 춘궁기는 내남없이 넘기 벅찼지요. 오죽하면 하지 무렵엔 딸네 집에도 가지 말라 했고 보릿고개 손님은 돌아서 가는 뒷꼭지가 예쁘다 했을까요. 아무리 가깝고 반가운 사이일망정, 손님으로 가는 이도, 대접하는 사람도 속앓이하던 시기에 다녀가신 외할아버지의 등 굽은 뒷모습이 지금도 아련합니다. 끼니마다 솥 채움의 의무 다하기가 버거운 엄만 그래서 속울음 끓듯 들썩이는 소댕을 젖은 행주로 자주 닦아주었는지 모릅니다.

다행히, 자식들 입 건사하는 게 그리 만만한 일이 아니었음에도 삶의 의지가 강했던 엄마 덕분에 지독한 배곯음을 면하게 됐습니다. 웃고 기쁜 날이 많아지니 그동안 미안했던 솥을 호강시켜 주듯, 참기름 듬뿍 발라 반들반들 윤기 낼 집안 경사도 늘어났고요.

지나놓고 보니 풋강낭콩 얹어 뜸들인 꽁보리밥과 봄나물을 넓은 양푼에 쓱쓱 비벼서 숟가락 툭툭 부딪혀 가며 나눠 먹고, 막내 앞쪽으로 슬쩍 더 밀어놓던 추억도 이젠 그리운 가족애로 남아있습니다.

　두리반 쥐코밥상을 차려내기 위해 늘 고심했을 엄마, 어린 자식들 못 먹인 한이 작은 가슴에 큰 옹이로 박혀버린 엄만 돌아가시던 그해까지도 손수 지은 농작물을 바리바리 보내셨습니다. 비록 남들한테 꺼내놓기 멋쩍은 지지리 궁상 추억일망정 가끔 그 시절이 그리워지는 건 어머니의 손맛 때문이고, 내 손에 고스란히 내리 물림 된 음식솜씨 덕분일 겁니다.

　'그래도 좋은 세월'이란 사람들이 많은 걸로 봐서 대부분 먹을 걱정 하나는 덜어냈겠지만, 되레 헛헛한 보릿고개를 넘는 느낌은 나뿐일까요? 과거 어렵던 시절의 고생담이 요즘 세대에겐 '라떼는' 듣기 싫은 넋두리로 여겨지고, 식탁에서 돌려난 것들이 '음식물 쓰레기'란 가장 죄스러운 이름으로 버려질망정, 쌀 한 톨에 대한 값진 정신만은 잃지 않으려고 비록 소박한 밥상이라도 정성을 다하게 됩니다.

　다섯 식구가 한 식탁에 앉을 일이 갈수록 줄어듭니다. 내가 잘할 수 있는 역할 중의 하나가 줄어드니 서운한 노릇, 밥상에 함께 모여 앉을 수 있기를 바라는 마음이지만 시대적 현실이 그런데 어쩌겠습니까.

'취사가 완료되었습니다.'

내 새벽 일 하나를 뚝딱 해결해 준 밥솥이 맡겨진 임무 잘 끝냈음을 알립니다. 투박하지만 엄마 같던 '네 귀걸이' 무쇠 가마솥은 이제 다양한 기능은 물론, 심미적 감각의 변신을 거듭하며 꿋꿋이 제자리를 지켜냅니다.

나의 수고에 보답하듯 그릇 비우고 수저 내려놓은 식구들이 차례로 현관문을 나섭니다. 그리고 든든한 밥심으로 오늘 하루도 자기 몫을 다하고 돌아올 것입니다. 서둘러 설거지를 마무리한 뒤 나도 일터로 향합니다.

내가 그랬듯 내 아이들이 언젠가는 제 엄마 솜씨 '집밥'을 그리워할지도 모를 일, 저녁에 재료를 준비해서 달래 양념장 곁들인 봄나물 거섶 비빔밥과 시금치 된장국을 식탁에 올려놔야겠습니다.

# '맑은' 그리고 '나누는'

### 순천 · 최형만

  아침저녁 코끝으로 전해지는 바람에서도 때 이른 더위가 느껴지는 계절입니다. 여름의 정점을 향해 조금씩 다가서고 있음을 느끼지요. 그렇게 가을과 겨울을 지나 한 해의 마지막이 다가오면 으레 그랬듯이 우리는 지난날을 돌아볼 겁니다. 떠올려보면 어떤 부분은 아쉬워서 미련이 남을 테고, 또 어떤 부분은 부끄러운 탓에 자신뿐만 아니라 누군가의 기억에서도 빨리 잊히길 바랄 겁니다. 백세시대를 외치는 지금, 절반이 넘는 시간을 살아오면서 저역시 한 해의 마지막이 다가오면 늘 허전한 무엇이 자리했습니다. 더불어 그 허전함의 원인을 제대로 알기도 전에 막연하게도 반성부터 합니다. 이젠 그마저도 습관이 되어선지 어느 땐 무감각할 때도 있지만요.

  때론 반성도 없이 습관적으로 한 해를 마감하는, 혹은 그다지 희망찰 것도 없어 보이는 새해를 달력 한 장 새로 거는 거로 대신

하기도 했습니다. 그러고 보면 시간은 늘 우리에게 무엇이든 달라지라고 재촉하는 듯합니다. '시간은 돈'이라는 명제에 이르면 그런 반성마저도 물질적 부(富)의 증대를 꾀하지 못한 자본주의적 반성을 요구하고 있는지도 모르겠군요. 그런 와중에 법정 스님의 『무소유』를 다시 꺼내 읽었습니다. 읽는 순간 여전히 처음 읽는 것처럼 바로 이거구나, 싶었습니다. 예나 지금이나 일상의 흔한 이야기를 스님은 누구라도 이해할 수 있도록 가볍게 말하고 있었습니다.

옛말에 재물은 쫓는 것이 아니라 따라오는 거라죠. 어쩌면 비워낼수록 더 빨리 채워지는 이치를 스님은 다른 방식으로 말씀하신 것 같기도 합니다. 오래전의 일입니다. 길상사 창건 기념 법회의 법문을 통해서 법정 스님이 세밀 세상을 향해 내놓은 '맑은 가난'과 '나누는 행복'이라는 화두를 떠올려봅니다. 우선 '맑은 가난'과 '나누는 행복'이라는 글자가 이유 없이 좋았습니다. 쪼들리고 궁핍한 '가난'이라는 글자 앞에 '맑은'이라는 글자가 놓여 행복이 되고, 완벽해서 빈틈이 없어 보이는 '행복'이라는 글자 앞에 '나누는'이라는 글자가 놓임으로써 운만 좋으면 나도 그 틈으로 따라 들어갈 것만 같았거든요.

지난 시간을 되돌아보면서 늘 '불안'이라는 글자를 가슴에 안고 살았던 저로서는 '맑은'을 붙여 '맑은 불안'을 떠올렸다면 어 땠을까요? 생각의 차이가 행동의 차이를 가져오고, 행동의 차이가 인생을 변화시킨다는 문장은 잘도 외웠으면서 어찌 '맑은'이라는 두 글자는 떠올리지 못했을까요? 생각하면 의아하기 그지없습니다. 채우고도 늘 부족해서 절에 가서 빌고, 예배당에 가서 비는, 결코 나눈다는 의미 없이 일신상의 성공만을 빌어 온 삶에서 어찌 나눈다는 생각이 들까요. 지난날 우리는 연탄 몇 장, 쌀 한 포대만 들여놓고도 행복했었는데 이젠 그 무엇으로도 행복해하거나 고마워하지 않는다는 법문에 이르면, 시간은 돈이라는 지배적인 문장 앞에서 꽤나 부끄러워집니다.

"지난날 길상사가 처음 문을 열 때 이 자리에서 '가난한 절'을 내세웠는데, 이 도량에서 '맑은 가난'이 얼마나 실현됐는지 되돌아봐야 한다."며 스스로를 경계했던 법정 스님을 추억해 봅니다. 더불어 무소유의 의미를 되짚어도 봅니다. 그러니 올해부터는 한 해의 마지막에 즈음해서 나의 맑은 가난은 얼마나 실현되었는지, 나의 행복은 얼마나 타인과 나누어 가졌는지 돌아봐야겠습니다. 스님은 글에서 사람은 나그넷길에 오르면 자기 영혼의 무게를 느낀다고 했습니다. 이처럼 인생이 나그넷길임을 안다면 나는 지금 어떤 길 위에 서 있나 돌아봐야겠습니다.

법정 스님은 열반에 들기 전 자신이 남긴 글조차 말빚이라 하여 절판했다지요. 오늘 스님의 글을 다시 읽으면서 이런 말빚이라면 두고두고 빚지고만 싶습니다. 하여, '맑은 가난'과 '나누는 행복'이 제게도 가득하면 좋겠습니다. 그리하여 일생을 비우며 살고자 했던 스님의 바람처럼 비운 자리에 나도 이제 무욕의 호수 하나쯤 가꾸고 싶습니다.

## 수상작

# 나를 맞이하러 해맞이를 나서다

## 성북 · 강연희

    서울에서 정동진으로 향하는 기차를 타고, 나는 아들과 함께 새해 첫 해돋이를 보러 갔다. 갑작스레 새해 해돋이를 보러 가자는 내 제안에 아들은 "그래, 가자!"라고 흔쾌히 응했다. 오랜만에 보온병에 커피를 타고, 귤과 과자를 가방에 넣어 출발했다. 기차에 오르자마자 의자에 앉아 커피를 종이컵에 따라 마시고, 과자를 먹으며 아들과 이야기를 나눴다.

    "엄마, 그렇게 신나?" 아들이 물었다. "내가 안 간다면 엄청 섭섭할 뻔했겠네."

    나는 웃음을 터뜨렸다. "그러게." 사춘기 시절 말썽도 많았던 녀석이 이제는 다 컸다.

    10여 년 만에 가는 정동진이었다. 그때 아이들이 초등학교 3학년, 4학년이었는데, 최악의 폭설로 차가 밀려 일출을 차 안에서 봐야 했다. 새벽 3시부터 6시까지 1km를 가기 위해 제자리걸음을 했고, 차 안에서 아이들은 잠이 들고 나도 지쳐서 잠이 들었다. 남편은 기름이 떨어져 주유소까지 걸어가 기름통을 받아와야 했다. 낭만과는 거리가 멀었던 여행이었지만, 그때를 떠올리니 입가에 웃음이 번진다. 아들이 자는 모습을 보며 다 컸다는 생각이 들었다. 9살의 꼬맹이와 25살의 청년이 겹친다. 이렇게 커서 같이 여행을 가다니, 꼭 셋이 여행을 하는 것 같은 착각이 들었다.

정동진으로 향하는 기차는 바다를 따라 달렸다. 기차 창밖으로 펼쳐지는 풍경이 눈에 들어왔다. 빠르게 지나가는 도시의 불빛들이 점차 희미해지면서, 자연의 고요한 아름다움이 모습을 드러냈다. 차창 너머로 보이는 눈 덮인 산과 강이 그림처럼 펼쳐졌다. 기차가 철로 위를 달리며 만들어내는 리드미컬한 소리는 마치 마음의 박동처럼 느껴졌다. "차칵차칵, 차칵차칵" 철로를 따라 규칙적으로 울리는 소리가 귓가를 간질였다. 기차가 터널을 지날 때마다 소리는 더 커졌다가, 다시 부드러워졌다.

지난 한 해 얼마나 힘들었나. 오빠가 암 선고를 받았을 때 남들은 적어도 5년은 산다고 했지만, 그 말은 결국 남들의 이야기였다. 하루하루 상태가 안 좋아지는 오빠를 보면서 절망을 다독이며 버틴 한 해였다. 기관 절개 수술을 받은 오빠는 아들이 병문안을 갔을 때 "삼촌이 말을 못 해서 미안해."라는 글을 써서 보여줬다. 우리는 모두 울음을 참고 오빠는 웃었다. 그래, 오빠는 웃었다. 영양제로만 버티며 비쩍 마른 오빠는 마약성 진통제를 맞으면서도 계속 웃고 있었다. 우리에게 슬퍼하지 말고 웃으면서 살라는 뜻이었을 것이다. 갑작스러운 이별은 내 마음에 깊은 상처를 남겼고, 그 상처는 쉽게 아물지 않았다. 기차를 타고 떠나는 이번 여행은 그 슬픔을 잠시 잊고 새로운 시작을 맞이하기 위한 내 나름의 작은 도전이었다.

도착해보니 12시가 되지 않았다. 모래시계공원에서 해넘이 해돋이 행사를 하고 있었다. 해돋이라는 말은 익숙한데 해넘이라는 말이 더 운치 있어 보였다. 해를 넘기는구나. 12시가 가까워지면서 사람들은 5, 4, 3, 2, 1 숫자를 세고, 팡 팡팡 불꽃놀이가 시작되었다.

"사랑해. 고마워. 올해 멋진 해가 되자, 아들아!"

불꽃놀이 행사가 끝나고 노점에서 어묵을 먹었다. 새해 첫날의 어묵 국물은 속을 시원하게 비워내는 듯했다. 복잡하고 심란했던 마음도 함께 씻겨 내려가길 바라며, 해돋이 시간이 될 때까지 커피숍에서 시간을 보냈다. 일기장을 꺼내 이것저것 끄적였다. 새벽녘이 되어 정동진역으로 다시 걸어갔다. 모두 해가 뜰까 하는 의구심을 가지면서도 모래사장 위에 빽빽이 사람들이 모여들었다.

연인들, 가족들, 친구들끼리.

　깜깜한 바다와 왁자지껄한 소리들. 파도 소리와 어울려 한참을
사람들 틈에 있었다. 그때 서서히 바다 밑에서 붉은 열기가 올라
오자 모두 환호성을 질렀다. 바닷속에 숨어있던 붉은 해가 솟아오
르며 물결이 빛을 따라 춤추며 바닷가를 적셨다. 하늘과 바다가
하나로 녹아든 듯한 풍경이었다. 많은 사람들 사이에서 바위 위를
서성이며, 부드러운 모래밭을 거닐었다. 우리는 손을 꽉 잡았고,
말로 표현할 수 없는 희망과 기대로 부풀어 있었다. 50이 넘은 나
이에도 아들과의 여행은 여전히 설레고, 든든했다.

　새해의 설렘을 안고 일기장을 펼쳤다. 집으로 돌아오는 기차역
에서 전날 적었던 새해 소망을 다시 읽어보았다.

　"항상 행복하자. 슬프고 힘든 일들은 결국 지나갈 것이다. 현재
를 즐기고 내일을 기대하며 살자. 이 모든 순간순간을 기억 속에
소중히 새겨두자. 마치 일출이 어두운 밤을 밀어내듯이. 그래 그
렇게 살아보자."

# 행복은 가까이 있다

### 인천 · 강주희

　나는 선천적으로 약한 심장을 가지고 태어났다. 그 당시 의사 선생님은 오래 뛰거나 힘든 운동을 하지 않고 살아간다면 수술을 할 필요가 없다고 해서 부모님은 수술을 하지 않고 나를 사랑으로 키워주셨다. 그러나 약한 심장으로 남들이 편안하게 올라가는 2층 계단, 조그마한 언덕, 오르막길에 올라갈 땐 항상 숨이 헉헉거릴 만큼 찼고, 등산은 꿈도 꾸지 못하였다. 하지만 어릴 때부터 이렇게 살아온 게 익숙해진 나는 이게 당연하다고 생각했고, 불편했지만 이게 불편한 일인 줄도 몰랐다.

　그러다 일이 터졌다. 내가 20대 중반이 되던 해에 심장에 구멍이 나서 피가 샜고, 그 피가 뇌로 가서 나는 쓰러졌다. 기억은 안 나지만 뇌수술이 끝나있었고 눈을 떠보니 중환자실이었다. 처음으로 큰 수술을 받아 놀랐는데 놀란 마음을 진정시킬 새도 없이 곧바로 심장수술을 받아야 했다. 이번엔 운 좋게 뇌수술이 잘 끝났지만 만약 심장수술을 하지 않으면 심장에서 샌 피가 이번엔 어디로 갈지 모른다고 했다.

그래서 심장전문 병원으로 옮겼고, 검사를 했다. 그런데 내 케이스가 희귀한 경우라 전문 의사들도 수술을 해야 할지 말아야 할지 의견이 나뉘었다고 했다. '여태껏 잘 살았으니 평생 약을 먹으며 그냥 이대로 살자. 수술은 너무 위험하다'라는 의견과 '아직 젊고 어린데 이대로 살면 안 된다 위험해도 심장수술을 해야 한다.'라는 의견으로 나뉘어 있었다. 결정은 나의 몫이었다.

부모님과 가족들은 당연하게도 반대했다. 잘못하다가 죽을 수도 있기에 그냥 약을 먹으며 살길 바랐다. 나는 그런 부모님과 가족들의 심정을 이해하지만 이대로 평생 약을 먹으며 언제 피가 새서 다른 곳으로 옮겨갈지 모르는 불안함을 가지고 살 수는 없다고 생각했다. 그래서 수술을 하기로 결정했고 수술대에 올랐다.

엄마에게 전해 듣기로는 수술이 너무 길어졌고, 중간에 피가 모자라 위험했다고 했다. 그리고 혈관과 장기가 부어서 가슴을 닫을 수가 없어 가슴을 연 채로 누워있었다고 한다. 간신히 가슴을 닫고 중환자실로 옮겨졌고, 의식이 돌아왔다. 마약 패치를 붙여도 너무나 아픈 고통에 잠을 잘 수도 움직일 수도 없었다. 일주일 넘게 중환자실에 있으면서 옆자리 할아버지가 돌아가시는 모습, 갓난아기들이 우는 모습 등 여러 사람들을 멍하니 누워서 바라만 보았다. 할 수 있는 게 없었고 점점 감정이 없어져 갔다. 그리고 가족들이 너무나도 보고 싶었다.

여러 고비를 넘기고 일반 병실에 올라가 엄마를 만났다. 그동안의 외로움과 무서움이 엄마의 얼굴을 보자 눈물로 터져 나왔다. 그리고 병실에서 한 달이 넘는 시간 동안 치료, 검사를 하며 회복을 하고 재활을 했고 드디어 퇴원을 했다.

아빠 차를 타고 집으로 갔다. 너무 행복했다. 병원 침대가 아닌 내 침대에서 잘 수 있다는 것, 병원에서 죽만 먹었었는데 엄마가 해주는 밥을 먹을 수 있다는 것, 매일 창문만 바라보며 복도를 왔다 갔다 걷기만 했었는데 이제는 바깥으로 나가 가족들과 걸어 다닐 수 있다는 것, 이렇게 당연하게 생각하며 살아왔던 사소한 일상이 나에겐 너무나 큰 행복으로 다가왔다. 우리는 행복을 너무 거창하게 생각하는 것 같다. 행복은 가까이 있다.

지금 당연하다고 생각하는 이 일상이 누군가에겐 정말 간절히 원하는 일상일 수도 있다. 그래서 나는 지금 주어진 삶에 행복을 느끼며 하루하루 감사하게 살아갈 것이다. 이 글을 읽는 사람들도 주변을 둘러보며 내 곁에 있는 가족, 친구, 사랑하는 사람들에게 사랑한다고 오늘도 덕분에 행복했다고 말하며 하루를 마무리했으면 좋겠다.

# 국토대장정을 통해 배운 사소한 행복

대구 · 권태현

28살에 2주 동안 걸어서 제주도를 한 바퀴 도는 국토대장정에 참가한 적 있었다. 국토대장정을 통해 평소에는 느낄 수 없었던 행복감을 느낄 수 있었다. 국토대장정 첫날부터 비가 내렸다. 우비를 입었지만 장대비가 내린 탓에 옷은 물론이고 신발과 속옷까지 다 젖어버렸다. 그때가 겨울이라 날씨는 매서웠고 하루 종일 덜덜 떨면서 걸어야 했다. 손은 또 얼마나 꽁꽁 얼었던지 화장실에서 볼일을 볼 때 바지 지퍼를 내리기가 힘들 정도였다. 하늘은 쉬지 않고 비를 뿌려댔고 3일 동안 물을 퍼부은 다음에야 해를 내어줬다. 따뜻한 햇살에 꽁꽁 얼어있던 몸이 서서히 녹기 시작했다. 모든 대원들이 하늘을 올려다보며 "우와~" 하고 감탄했다. 다들 이제야 살 것 같다는 표정을 지으며 마음껏 햇살을 만끽했다. 평소에는 당연하게 느껴졌던 해를 바라보며 소리쳤다.

"와, 햇볕 내리쬐니까 진짜 기분 좋다!"

하루 평균 25~30km를 걸었다. 다리가 아프지 않을 수 없었다.

발을 디딜 때마다 발목이 욱신거렸다.

15kg 정도 되는 가방 무게 때문에 어깨와 목까지 짓눌렸다. 평소에는 붙이지 않던 파스를 어깨, 허리, 다리 할 것 없이 다 붙여야 했다. 잠자리에 누울 때마다 내일은 걸을 수 있을까 하는 걱정마저 들었다. 힘들었기 때문에 휴식이 그렇게 달콤했나 보다. 도보 중간에 주어지는 10~15분간의 휴식 시간이 얼마나 행복했는지 모른다. 시꺼먼 아스팔트 길바닥에서도 아랑곳하지 않고 퍼질러 앉아 휴식의 기쁨을 누렸고, 아예 드러누워 휴식을 만끽하는 사람도 있었다. 아침부터 밤까지 하루 종일 걷다 보니 밤에 숙소에 도착하면 녹초가 되었다. 다들 너무 피곤하니 옷도 갈아입지 않고 방 구석구석에 쓰러지듯 눕곤 했다. 방이 좁아도 상관없었다. 마치 인간 테트리스라도 하듯 침대, 바닥 가리지 않고 구석구석 끼어 누웠다. 그렇게 누워서는 다들 똑같은 소리를 했다.

"와, 그냥 누워있기만 해도 너무 행복하네!"

국토대장정을 할 때 가장 귀한 것이 있었다. 바로 초콜릿이다. 힘들수록 단 게 당겼지만 안전요원들의 통제에 따라야 하다 보니 개인 활동이 불가해 먹고 싶은 것을 마음대로 사 먹을 수 없었다. 하루는 길거리에서 휴식하던 중 옆 조에서 누군가 초콜릿을 먹고 있는 게 보였다. 다들 부러워하며 침만 꼴깍 삼키고 있던 그때, 조장이었던 내가 용기를 냈고 초코바 한 개를 얻어올 수 있었다. 조원들에게 초코바를 보여주니 모두다 우와 하고 탄성을 질렀다.

12cm 정도밖에 안 되는 초코바 한 개를 우리 조원 15명이 돌아가며 한 입씩 베어 물었고 다들 하나같이 감탄을 연발했다.

"초콜릿이 이렇게 맛있는 거였어? 너무 맛있다!"

손톱만큼의 적은 양밖에 못 먹으면서도 그렇게 행복해할 수가 없었다. 아쉬운 마음에 초콜릿을 삼키지도 못하고 입안에서 몇 번을 되새김질한 다음에야 겨우 삼켰다. 평소엔 별것 아닌 초콜릿이 그때만큼은 녹녹해진 몸과 마음을 일으켜주는 최고의 피로해소제였다.

국토대장정에서는 매 끼니가 꿀맛이었다. 종일 걸으니 항상 배가 고팠고 그래서 밥이 그렇게 맛있을 수가 없었다. 특히 생각나는 날이 있다. 그날은 상황이 여의찮아 야외에서 아침밥을 먹어야 했다. 바람이 얼마나 부는지 손이 떨려 젓가락질도 제대로 하기 힘들었고 밥과 국물은 순식간에 식어버렸다. 그런 상황에서도 이상하게 불평 한번 하지 않았다. 오히려 이렇게라도 먹을 수 있음에 감사한 마음이 들었다. 그때 밥을 먹으며 내가 한 말이 있다.

"아이고 하느님, 부처님. 그저 먹을 수 있음에 감사합니다."

내 말에 옆에 있던 조원들이 웃음을 터뜨렸다. 평소에는 찾지도 않던 하느님, 부처님인데 그때는 감사하다고 얼마나 빌고 또 빌었는지 모른다. 이렇게 추운 날씨에 왜 밖에서 밥을 먹어야 하냐며 투덜거리는 사람도 있었다. 누구든 충분히 짜증 날 법한 상황이었다. 하지만 이상하게 나는 짜증나기보다 감사했다. 굶지 않는 것만으로도 다행이라 생각하며 한 톨도 남기지 않고 싹싹 긁어 먹었다.

살다가 힘이 들 때, 지금의 내 모습이나 상황이 불만족스러울 때, 나는 제주도를 걸으며 보고 듣고 느꼈던 것들을 떠올린다. 쌩한 바람에 식은 국이지만 그저 먹을 수 있어서 기뻤던 날, 한 입거리도 안 되는 작은 초콜릿에도 함박웃음 지을 수 있었던 날, 따뜻한 햇살 한 줌에도 몸과 마음이 녹았던 따스한 날, 잠깐의 휴식이 꿀맛 같다며 감탄했던 날까지 감사하지 않은 순간이 없었던 그때를 생각하면 지금에 감사해진다. 많은 것을 누리고 있다는 생각에 오늘이 더 행복해진다.

# 선생님, 잘 지내세요?

## 광주 · 김가영

초등학교 2학년 1반 소극적인 반장이었어요. '행복'이 무엇이냐고 묻는다면 무어라 대답을 해야 할지 잘 모르겠어요. 그래도 추운 가을이 되면 문득 그때의 소중한 기억이 떠올라요.

선생님 잘, 지내고 계세요?

선생님은 유난히 보라색이 잘 어울리는, 포스 있는 선생님이셨어요. 뽀글거리는 파마와 작은 키, 빨간 립스틱. 교탁에 서 계시면 멀리서도 선생님의 포스가 느껴졌어요. 아이들과 저는 그런 선생님을 무서워했고요.

첫인상이 무섭다고 생각했었던 저는 처음에 선생님께 다가가기 힘들었어요. '그 사건'으로 인해 선생님을 떠올리는 이미지가 모두 바뀌었지만. 사실 선생님은 누구보다 다정하고 따뜻하신 분이셨어요.

선생님께서 처음 일기장을 검사하던 때가 떠올라요. 일기를 쓰지 않은 학생이 반에서 딱 한 명 있었는데, 제 뒷자리에 앉아 있는 예쁜 여자 아이였어요. 선생님은 일기를 제출하지 않은 그 아이의 이름을 호명했어요. 겁에 질려 있던 그 아이가, 저라면 울었을 지도 모를 만큼 무서운 선생님의 앞으로 다가갔어요.

웃고 있을 때도 포스가 있었던 선생님이 웃지 않자, 교실 분위기가 얼음장 같이 차갑게 변했어요. 선생님의 모습이 더 무섭게 느껴진 건 연갈색의 회초리 때문일 지도 몰라요. 한 쪽 손에 들린 연갈색의 회초리가 눈에 띄었고, 분명 회초리로 그 여자 아이의 손을 내려치는 장면이 연상되었어요. 저나, 다른 아이들은 분명 선생님이 화가 나셨을 거라고 생각했어요.

모두가 숨을 죽이고 선생님이 아이의 손을 내려칠 만큼 가까이 다가갔을 때였어요. 아마, 아무도 예상 못 했을 거예요. 선생님이 울 것 같은 표정의 여자아이를 안아주셨으니까요. 몇 초의 시간이 흘렀는지 모르겠어요. 선생님은 그저 아무 말 없이 여자아이를 안고 계셨어요. 시간이 지났을 때는 여자 아이가 울고 있었어요.

그때 선생님이 가르쳐주신 건 '포용'이었을까요? 아이들의 앞에서 모두에게 혼날 거라고 예상했던 저와 반 아이들에게 그날일은 충격이 되었어요. 그날 이후로 반 아이들 모두 선생님을 더는 어렵게 생각하지 않았어요. 인자하셨던 선생님은 항상 아이들과 잘 놀아주셨고 한 번도 저희를 나무란 적이 없었어요.


어느덧 여름이 되어가고 방학이 시작될 무렵에 그날따라 집에 가고 싶지 않았어요. 지금 생각해도 이상할 정도로 선생님과의 마지막 날, 수업이 끝난 후의 분위기가 생생해요. 친구들과 헤어지고 빈 교실에 전등이 꺼졌어도, 그 날은 정말 늦게 집에 가고 싶었어요. 짐을 느릿느릿 챙겨 나왔지만, 뭔가를 두고 왔다는 생각에 다시 교실에 왔을 때였어요. 교실에는 전화가 한 통 울리고 있었어요.

받을까, 말까. 고민을 하던 순간, 선생님이 한 말씀이 생각났어요. 전화 통화할 때는 언제나 '사랑합니다. 2학년 1반입니다.' 라고 먼저 얘기하라고 하셨던 선생님의 말씀이었어요.

소극적이면서도 내성적인 저는 그 인사를 하기가 힘들었어요. 하지만 그때 선생님이 아이들을 향해 따뜻하게 웃어주는 모습이 생각났어요.

저는 전화를 받았고, 힘겹게 입술을 떼고 인사를 건넸어요. 전화를 받았지만 상대의 목소리가 들리지 않았어요. 아무 소리도 들리지 않아서, 저는 다시 한 번 용기를 내서 목소리를 높였어요.

"사랑합니다. 2학년 1반 oo입니다."

반응이 없던 전화기 너머로 여자 목소리가 들렸어요.

"2학년 1반이에요? 담임선생님 안 계세요?"

"네. 아직 안 계세요!"

"그럼, 거기서 기다려볼래요?"

잠깐 기다려 달라는 부드러운 목소리가 그때는 선생님일 거라고 생각하지 못했어요. 전화를 끊고 조금 시간이 지났을 때, 혼자 있는 저를 보고 선생님이 뒷문으로 조용히 들어오셨어요. 그때 선생님은 함박웃음을 지으시며 제 머리를 쓰다듬어 주셨어요. 마지막 방학이라서 선생님을 잠깐이라도 못 보는 게 아쉬웠었는데, 볼 수 있어서 마냥 기뻤어요.

"잠깐 기다려 볼래?"

선생님께서 칠판 아래 서랍에서 수 십 권의 공책을 선물이라면서 꺼내어 제게 건네 주셨어요. 한 눈에 보아도 세기 어려울 만큼 많은 양의 공책 세트였어요.

"인사를 다정하게 해줘서 선생님이 너무 기뻤어."

선생님의 빨간 색 입술, 살짝 매섭게 올라간 눈이 더는 무섭게 보이지 않았어요. 선생님은 진심으로 행복해 보이셨어요. 그날을 회상하면 지금도 선생님을 따라 웃게 될 정도로 행복해보이셨어요.


마지막으로 선생님께 감사하다고 인사를 전했을 때였어요. 방학 잘 보내라고 하시는 선생님의 눈동자에서 눈물이 고여 있는 게 보였어요. 그게 마지막 인사일 거라고 꿈에도 모른 채 저는 마냥 기뻐하고 해맑게 웃었었어요.

방학이 끝나고 다시 2학기가 시작 되었을 때는 선생님의 모습이 보이지 않았어요. 선생님은 정년퇴임을 바로 앞둔 시기였지만 우리들에게 말씀하시지 않았어요. 그날 저는 울음을 터뜨렸어요. 집에 들어와서 엉엉 울면서 선생님을 그리워했던 거 같아요.

　그래도 있잖아요. 저는 2학년 1반, 잠깐 스쳐지나간 1학기의 추억을 절대 잊지 못해요. 선생님 덕분에 평소에 남 앞에서 나서는 걸 극도로 무서워하던 제가 인사하는 걸 좋아하게 되었거든요. 먼저 밝게 인사하고 사람들과 따뜻하게 웃어주는 지금 순간이 행복이라고 믿게 됐어요. 같이 있는 시간을 소중하게 생각하게 됐고 만남과 이별에 있어서 더는 슬프지 않게 됐어요. 제가 그때 선생님을 보게 된 건 너무 다행이라고 생각해요. 감사합니다!

# 조용히 천천히 오래 행복을 주는 존재

### 구미 · 김봉월

"우아, 예쁘다!"

"이쪽으로 빨리 서 봐, 사진 찍어 줄게!"

"어쩜 이렇게 예쁠까?"

내가 사는 근처, 하천 주위에 벚꽃이 피면 축제가 열린다. 시민들은 밤낮으로 벚꽃 향연에 동참하여 탄성과 환호성을 지른다. 가족, 지인들과 삼삼오오 모여 사진도 찍고, 한바탕 웃으며 봄 정취에 한껏 취한다. 벚꽃의 아름다움이 절정에 이르고, 꽃이 져서 꽃잎이 흩날리고 떨어질 때까지 아쉬움을 표한다. 벚꽃 연금이라고까지 불리는 장범준 가수의 '벚꽃 엔딩'이 울려 퍼지면 절정에 이른다. 벚꽃은 피고 질 때까지의 시간이 그리 길지 않다. 그렇지만 강렬하고, 아찔하게 아름답다. 일주일 남짓 벚꽃나무의 높은 곳을 우러러보며 그 아름다움을 찬양하고, 이별을 아쉬워한다.

화려했던 벚꽃들이 다 지고 초록 잎만 무성해지면 사람들은 언제 탄성을 질렀나 하는 생각이 들 정도로 무덤덤하게 그 주위를 걸어 다닌다. 하천주위를 산책하거나 도서관에 갈 때 벚꽃나무 옆을 지나간다. 며칠 전, 하천의 청둥오리들이 평화로웠다. 왜가리까지 기다란 목을 앞으로 더 내밀어 먹이를 잡으려는 몸짓을 바라보고 있었다. 그러다 문득, 벚꽃나무 아래로 시선을 옮겼다.

작고 소박한 모습으로 노란 미소를 띤 민들레가 보였다. 벚꽃나무 가장 낮은 곳에 민들레가 피었다는 사실을 전혀 몰랐다. 얼마 전만해도 이 주위를 사람들과 그렇게 오고가며 탄성을 지르고, 사진을 찍고 북새통을 이뤘지만 그 작은 생명체가 존재하는 줄 몰랐다.

우리 삶도 그렇다. 무슨 큰 행운이 있기를, 큰돈을 벌기를, 높은 지위에 오르기를, 사람들이 우러러보는 명예가 있어야 행복한 줄 안다. 그러나 삼 년 전 나는 큰 병을 진단받았다. 마치 세탁기 속 빨래가 된 것 같았다. 세제와 큰 물살에 휘몰아쳐 이리 치이고, 저리 치이다 탈수로 온통 비틀어진 낡은 양말이 된 듯 힘없이 늘어졌다. 그 양말을 빨랫줄에 널어 따스한 햇살을 받아 뽀송뽀송해질 수 없을 것 같았다. 비틀어진 모양상태에서 다시는 펴질 수 없을 만큼 암울했다. 그러나 살아야 했기에 한 발 한 발을 떼며, 일상의 행복에 대해서 작은 깨달음을 얻었다.

행복은 결코 멀리 있는 것도, 거창한 것도, 뭔가 큰 행운이 생기는 것도, 큰 부자가 되는 것도 아니었다. 그저 일상 속에서 아무 일이 일어나지 않는 것도 행복의 한 갈래다. 벚꽃은 벚꽃대로 찬란하고 강렬한 행복감을 주는 존재지만, 전혀 발견하지 못했던 작은 민들레꽃을 발견하는 것도 행복이라는 것을 알았다. 환호성이 없어도 탄성이 없어도 조용히, 오래, 천천히, 작은 행복감을 주는 존재다. 그 존재는 화려한 꽃이 아니라 내 시선 아래에 있던 작고 여린 민들레꽃이었다. 묵묵히 피었다가 제 역할을 다하고 홀씨가 되어 흩날려가서 또 언젠가 다른 곳에서 행복을 선물해 주는 존재가 되리라 믿는다.

다시는 행복할 수 없을 것 같았던 나의 생활도 차츰 건강을 되찾고 작은 행복감을 느끼게 되었다. 지인의 소개로 뜻하지 않게 독서학원에서 아이들을 가르치는 일을 하고 있다. 적은 보수의 파트타임이지만, 민들레 같은 노란 웃음 띤 아이들과 눈동자를 맞추며, 다정한 선생님이 되어 행복한 시간을 보내고 있다.

오전에는 도서관 가는 길에 민들레꽃과 인사를 나눌 때 소중한 행복을 느낀다. "네가 가장 낮은 곳에서 나에게 행복을 줘서 고마워!" 예전에는 높은 나무들을 바라보았는데 요즘은 자꾸 땅과 가장 가까운 민들레에게 손을 흔든다. 내 마음에도 민들레 작은 홀씨들이 흩날리는 봄날, 행복이 자꾸만 잘그랑거린다.

# 행복한 하루

대구 · 김선희

'선희야, 네 덕에 정말 행복한 하루였어.'

4년 만에 연락이 닿아 만났던 선생님께서 내게 문자를 보내주셨다. 내게도 정말 행복했던 그날, 그 기억을 되새겨 보고자 한다.

잘 다니던 회사를 그만두고, 다른 도전을 하고자 할 때 나는 패기가 넘쳤다. 무조건 성공할 것 같았고, 더 행복한 나날이 펼쳐질 것 같았다. 그러나 그것은 나의 오만이었다. 나의 도전은 생각보다 쉽지 않았고, 나는 포기할 수 있는 용기조차 없었다. 그래서 그냥 갇혀있었던 것 같다. 매일 공부를 하였고, 다른 사람과 대화할 시간조차 내겐 사치였다. 그러던 중 코로나가 터져버렸고, 코로나로 인해 나는 가족을 잃었다. 나는 나를 더 깊은 어둠 속으로 가두었다. '내게 내일이 오지 않았으면 좋겠다.'라고 매일 생각했다.

그런데 매일 아침 침대를 비추는 햇볕은 그 해, 부지런히도 나를 찾아왔던 것 같다. 지금에서야 그 해가 참 고맙다. 어느 날, 이래서는 안 되겠다는 생각으로 일어나서 공원을 걷고, 문 밖을 나섰다. 그리고 다시 일을 시작하고도 2년이 지나서야 나는 다시 선생님을 찾아뵐 수 있었다. 실패한 제자로 선생님 앞에 나서기가 내겐 매우 힘든 일이었다. 놀랍게도 선생님께서는 마치 며칠 전에 나를 본 듯 반갑게 인사해 주셨다. 그리고 내게, 우리가 못 본 지 약 1년여밖에 안 된 것 같다고 말씀하셨다. 우리는 꽤 많은 대화를 나눴다.

선생님은 내게 '여전하다.' 하시며, 옛날 나의 모습을 말씀해 주셨다. 내가 잊고 있던 나의 학창 시절, 그때의 착하고 예쁜 나의 모습을 꺼내어 보여주셨다.

세상은 참 팍팍하고, 어둠은 한없이 나를 깊은 어둠으로 밀어낸다고 생각했는데, 선생님께서 기억해 주는 나는 아직도 들판에 핀 꽃을 보며 해 맑게 웃고 있는 어린아이였다. 나는 새삼 행복해졌다. 추억을 나눌 수 있음에 행복했고, 나를 너무나 예쁘게 기억해 주는 사람이 있음에 행복했다. 내가 지난 아픔을 선생님께 말씀드렸을 때, 선생님은 내가 힘들 때 곁에서 힘이 되어 주지 못했음에 미안하다고 하셨지만, 나는 그때의 아픔을 아무렇지 않게 꺼낼 수 있는 그날이 참 행복했다. '무뎌지는구나. 내가 내 아픔을 마주할 수 있는 용기가 드디어 생겼구나'라는 생각이 들었다.

행복이란, 참 별게 아니었다. 매일 일상을 살아가며 좋은 사람과 함께하는 것, 맛있는 것을 먹으며 지난날을 추억할 수 있는 것. 그리고 그 순간, 그 모든 시간이 내겐 행복이었다. 이걸 깨닫기까지 참 긴 시간이 걸렸고, 참 많은 어둠이 나를 스쳤다.

행복은 어쩌면 그림자 같다고 생각했다. 빛이 있는 어느 순간에는 항상 나의 곁을 지켜주고 있는 그림자. 하지만 어둠이 짙게 깔려서 그림자조차 보이지 않을 때가 와서야, 빛의 소중함과 그 곁에 머물고 있던 그림자가 보이게 된다. 행복도 그런 것 같다.

선생님은 성공한 제자를 기다린 게 아니라 '그 시절 함께였던 기억 속에 예쁜 제자 선희'를 기다리셨듯, 삶의 아픔에도 나를 잃지 않고 살아가다 보면 어느샌가 내 곁에 있는 행복이 더욱 진하게 나를 비춰주지 않을까 기대해 본다.

# 여름이 오면

**시흥 · 나은비**

일기를 쓰지 않아도 두고두고 생생한 기억이 있다. 아득하게 느껴지면서도 어제 일처럼 느껴지는. 내게 해남의 기억이, 외할머니의 기억이 그렇다.

우리 엄마의 고향은 땅끝마을 해남이다. 덕분에 나는 엄마 배 속에 있던 시절부터 줄곧 그곳엘 다녀오곤 했다. 내가 회상하는 행복했던 여름휴가의 추억들 중 대부분은 해남에서 보낸 날들이다. 외할머니의 다섯 딸들은 비슷한 시기에 결혼했기에 외가 쪽 사촌들은 모두 또래였다. 우리는 다 같이 편도로 5시간이 걸리는 (옛날에는 8시간도 걸렸다) 해남까지 시끌벅적하게 여름휴가를 갔다.

엄마의 수학여행지는 늘 금강골이나 대흥사였다고. 대흥사는 워낙 숲이 우거져서 왜란 때도, 한국전쟁 때도 무사했다는 이야기를 엄마는 구불구불한 산길을 오르는 차 안에서 들려주곤 했다. 엄마가 아주 어릴 때, 외할아버지의 자전거 뒷자리에 타고 목욕을 하러 금강골에 가던 중에 바퀴에 다리가 끼어 그 흉이 아직도 남아 있다는 이야기도.

　너른 바위에 돗자리를 펴고 물길을 막아 수박 한 통을 띄워 놓고 우리가 튜브를 끼고 물놀이를 하는 동안 엄마와 이모들은 –물론 아빠와 이모부들도– 싸 온 김밥이며 간식들을 풀어두고 수다 삼매경이었다. 떠올리기만 해도 마음이 따뜻하고 편안해지는 장면이다. 우리는 잠자리채로 가재나 작은 물고기들을 잡고 놀았다. 물이 얕은 곳에 돌을 들추면 가재가 숨어 있었는데 우리가 들추는 돌 밑은 대개 비어 있었고 새끼 가재가 있다손 치더라도 우리가 손을 뻗으면 금세 어디론가 사라져 버렸다. 그렇게 허탕을 치고 풀이 죽어 있으면 할머니는 종이컵 하나를 들고 물길을 따라 계곡을 성큼성큼 올라 사라졌다가 금세 돌아와서는 가재 몇 마리가 담긴 종이컵을 우리 손에 쥐여 주셨다. 날이 더워지면 시원한 냉면 한 그릇이 생각나듯, 여름이 오면 그때 기억이 당긴다.

　우리가 10대가 되면서 해남으로의 여름휴가는 쉽지 않게 됐다. 다들 사는 게 팍팍해졌고 바빴다. 나는 고등학교 3학년 때 그곳이 너무 그리워서 홀로 버스를 타고 지하철을 타고 다시 버스를 타고 외할머니댁에 간 적이 있다. 처음이자 마지막으로 할머니와 단둘이 보낸 1박 2일이었다. 나는 철없고 할머니는 건강했던 때. 대흥사의 연리근 나무 앞에서 첫사랑이 이루어지게 해달라고 기도했다. 그때 할머니는 어떤 기도를 했을까?

할머니가 돌아가시고 유품을 정리하러 간 해남에서 나이 어린 막내 사촌 동생과 금강골에 잠시 들렀다. 엄마와 나는 바지를 걷어붙이고 물에 들어가 가재를 찾았다. 어릴 적 내가 본 가재를 막냇동생도 봤으면 하고 바랐다. 그게 남은 사람 몫의 일 같았다.

그런 기억이 있다. 시간이 지나도 상하지 않는, 되려 점점 더 선명해지는 그런 기억이. 내게 해남의 기억들이 그렇고 할머니의 기억들이 그렇다. 그래서 날이 갈수록 그립고 그립기만 한 시절이다. 나는 여름을 곱씹으며 그리움이라는 단어가 행복의 동의어인지 반의어인지 생각해 본다.

# 추억

## 강원 · 남궁한별

    에메랄드빛 바다 위에 비슷한 모습을 한 배들이 모여 있었다. 무거운 그물이 배에 간신히 걸쳐 있었다. 이끼 낀 그물과 코팅이 벗겨져 가는 배의 모습이 어우러져 꼭 그림을 보는 것 같았다. 진녹색의 미역과 알이 가득 차 보이는 성계들이 그물 중간중간 매달려 있었다. 바다의 짜고도 상쾌한 내음이 콧속에 들어와 몸 구석구석으로 퍼졌다. 이 모든 것을 나의 손으로 만들어내고 싶은 욕구가 몸 깊은 곳에서부터 끓어 올라왔다.

    빽빽하게 도로를 채우고 있는 자동차의 거무스름하고 쾌쾌한 매연 냄새가 더 이상 코를 찌르지 않았다. 서울에 북적한 사람들 속에서 몸을 휘둘릴 필요도 없었다. 앙상한 나뭇가지에 푸른 새싹이 돋아나고 차갑고 날카로운 바람이 따스한 공기로 바뀌었기에 1년 전 주름이 가득했던 할머니와의 약속을 지키기 위해 고향으로 돌아오게 되었다. 이곳의 풍경을 물끄러미 바라보다고 있자니 기억 속에 침잠됐던 그날이 떠올랐다.

그날 아침, 미술대학교 조소과에 합격해서 들뜬 기분이 나를 사로잡고 있었다. 그때 엄마에게서 다급한 전화가 걸려 왔다. 서울로 떠나기 전, 엄마와 시력을 잃은 할머니에게 약속했다. 대학 합격 소식을 들고 이곳에 돌아오겠다고. 그 약속을 비로소 지키게 된 것이다. 하지만 그 벨소리를 들은 후 불길한 예감과 함께 심장이 깊은 바닷속으로 가라앉았다.

머릿속으로 매년 할머니와 걸었던 벚꽃길이 스쳐 지나갔다. 할머니의 손을 잡고 길을 걸을 때면 분홍빛과 흰빛이 섞인 벚꽃이 머리 위로 풍성하게 피어있었다. 길게 뻗은 가지와 꽃이 어우러져 푸른빛 하늘이 미세하게 보이는 그 풍경을 봄이라는 계절에만 볼 수 있는 게 속상했다. 떨어지는 벚꽃을 보며 할머니에게 말했었다.

"할머니. 할머니랑 매일 손 꼭 붙잡고 벚꽃 보러 오고 싶어. 얘네들 바닥에 떨어져서 밟히는 모습 보면 마음이 아파. 계속 피어있으면 좋겠어."

풍성한 벚꽃이 나의 눈동자에 비치는 모습을 본 할머니의 눈이 깊어졌다. 그녀의 흐릿한 눈동자에 시선이 사로잡혔다.

"민지야. 매년 할머니랑 손 붙잡고 벚꽃 구경하는 거 좋지? 떨어져도 다시 예쁘게 피어오르는 게 얼마나 기특한지. 벚꽃은 지지만 다시 피어오르니 내년에도 꼭 같이 오자꾸나."

하얗고 곱슬거리는 파마머리가 빛에 비춰 듬성듬성 밝은 빛을 띠는 할머니의 머리 색이 벚꽃과 어우러졌다. 바람에 흩날리는 벚꽃과 할머니의 머리를 보고 있자니 절로 입가에 미소가 걸렸다. 길게 뻗어 있는 그 길을 우리는 웃음이 넘치는 대화들로 가득 채워가며 걸었다. 할머니는 한 손에는 지팡이를 들고, 다른 한 손으로 내 손을 붙잡고 있었다. 몇 년 전에 녹내장을 앓은 뒤, 그녀는 두 눈의 시력을 완전히 잃었다. 찬란하게 빛나는 벚꽃을 사랑하던 그녀가 다양한 봄의 색깔을 더 이상 볼 수 없다는 사실이 안타까웠다. 그렇게 할머니에 대한 생각이 나를 온통 물들였다.

마지막 순간까지 푸른빛 바다를 눈에 담아내고 싶어 하던 할머니의 마지막 소식이었다. 할머니가 그토록 좋아하던 바다가 거센 파도로 그녀를 휩쓸고 지나갔다. 그날 나의 심장은 깊은 심해로 가라앉는 것만 같았다. 아직까지도 그날의 심해 속으로 빨려 들어가는 듯한 기분을 잊을 수가 없다.


할머니가 내 곁을 떠나신 지 1년이 넘었다. 형형색색의 꽃들이 피어나 푸른빛 바다와 어우러지는 고향의 풍경이 시야에 가득 찼다. 집을 떠나기 전 할머니와 했던 두 번째 약속을 지키지 못했다. 흙으로 할머니의 얼굴로 곱게 빚어 드리는 것이었다. 지난 1년 동안 내가 만든 작품의 감촉을 어루어 만져나갈 할머니의 모습을 그려보았다. 그렇게 할머니의 빈 자리를 흙을 다듬으며 채워나갔다.

나의 손길을 따라 할머니의 반짝이던 머리카락이며 구부정한 목에 자리 잡고 있었던 주름들이 모습들 드러내기 시작했다. 찰흙의 연한 질감으로 만들어진 할머니의 얼굴은 나의 비통한 감정을 품은 듯 어둡고 어딘가 쓸쓸해 보이기도 했다. 약속을 지키기 위해 작품을 품에 앉은 채 집을 나섰다. 할머니의 산소로 향하는 나의 두 발은 어느새 할머니와 걸었던 벚꽃 길을 지나가고 있었다. 여전히 분홍빛과 흰빛이 섞인 벚꽃이 머리 위로 풍성하게 피어있었다. 눈앞에서 떨어지는 벚꽃을 보니 파도에 휩쓸린 것처럼 가슴이 메어왔다. 이때 머릿속에 할머니의 말이 떠올랐다.

"벚꽃은 지지만 다시 피어오르니 내년에도 꼭 같이 오자꾸나."

순간 몸 깊은 곳에 자리 잡고 있었던 날카로운 칼심이 사라지는 것 같았다. 그 칼심은 나의 몸을 이리저리 휘저으며 여린 살갗을 찢어놓곤 했다. 벚꽃처럼 할머니도 다시 아름다운 모습으로 피어날 것만 같은 생각이 날카로운 그것을 없애버렸다. 그렇게 피고 있는 벚꽃과 떨어지는 벚꽃을 보며 할머니의 산소에 도착했다. 산소 위에는 푸릇한 풀들이 초록빛을 내며 자라있었다. 풀들의 촉감을 느끼며 할머니 앞에 앉아 할머니의 얼굴이 담겨있는 나의 작품을 건넸다. 산소 뒤로 피어있는 벚꽃을 보니 할머니의 두 손이 나의 두 손을 포개어 잡는 것만 같았다. 따스한 봄바람에 할머니와의 추억이 섞여 내 몸을 간지럽혔다. 온몸에 스며든 그녀와의 시간이 입가에 살며시 다가와 날 웃게 했다.

# 어떤 하루

여주 · 박영신

아버지는 소를 키웠다. 우리 형제들은 아버지가 소를 키우는 것을 취미활동 정도로 여겼다. 굳이 하지 않아도 될 일을 하여 자유를 구속당한다고 생각했다. 가족여행이라도 가려고 하면 항상 소가 걸렸다. 그래서 항상 아버지를 홀로 집에 남겨 두고 엄마만 모시고 여행을 다녔다. 몇 안 되는 소 때문에 아버지는 매번 여행 기회를 놓쳤다. 아버지는 소에 대한 정부의 규제가 점점 심해지고, 스스로 나이를 느끼면서 갑자기 키우던 소를 모두 팔아버렸다.

어느 날 축협 직원이 더는 소를 키우지 않으면 조합에서 탈퇴시킨다고 전화를 해왔다. 막상 모든 소를 처분하고 조합에서 탈퇴까지 시킨다고 하니 아버지는 많이 서운해하셨다. 나는 조합에서 온 안내문을 자세히 읽었다. 말 2마리, 소 2마리, 노쇠 2마리, 사슴벌레 500마리, 풍뎅이 500마리까지는 조합원 자격이 유지된다. 아버지는 축협 창단 멤버로 젊은 시절 조합의 발전을 위해 많은 헌신과 노력을 했었다. 아버지가 서운해하는 모습이 안타까웠다. 손이 많이 안 가고 쉽게 키울 수 있는 생물이 무엇일까 고민하다가 아버지에게 사슴벌레나 풍뎅이를 키워보라고 권했다. 예전에 아침 방송에서 보았던 기억이 떠올랐다. 나도 도울 수 있을지도 모르겠다고 했다. 내 말을 듣던 아버지는 갑자기 신이 나 양동에서 곤충을 키우는 친구가 있다며 당장에 가보자고 길을 재촉했다.

오래전 아버지의 기억을 더듬어 길을 찾았다. 몇 집을 허탕을 치고 마침내 비닐하우스가 딸린, 분홍 작약이 흐드러지게 핀 집이 눈에 들어왔다. 약속도 하지 않고 찾아온 우리 부녀를 집 주인 아저씨는 반갑게 맞았다. 그리고 사슴벌레 사육장으로 우리를 곧바로 안내했다. 사슴벌레를 거의 다 팔아버렸다며 얼마 남지 않은 사슴벌레를 보여주었다. 사슴벌레를 키우게 된 계기와 사육방법 등이 흥미로웠다. 초창기에는 소문이나 방송도 탔다고 했다. 주 고객은 어린이들이고 암·수 한 쌍을 통에 넣어 먹이와 함께 세트로 판매하고 있었다.

한창 이야기를 나누다 부인의 안부가 궁금했다. 방 한쪽을 가리키며 10년째 치매로 누워있다고 했다. 아내를 긴 세월 보살피고 있었다. 더 놀라운 것은 청소가 잘 된 깔끔한 집안과 집 밖 정원의 정갈한 관리 상태였다. 누군가의 도움 없이 나이 90을 바라보는 어르신 혼자 모든 것을 해낸다고 했다. 그 나이에 아픈 부인을 보살피면서 어떻게 살림과 농사를 이처럼 잘해 나갈 수 있는지. 어르신은 부인에 대한 미안한 마음을 많이 갖고 있는 것 같았다. 시부모와 함께 사느라 양동장에도 한 번 못 가봤다고. 어르신이 잘 가꾼 정원을 한창 구경하고 나서, 작년에 우리 마을에서 낸 책 한 권을 선물했다. 어르신은 책을 살펴보며, 자신이 시 100편을 썼는데 어떻게 출판할 수 있는지 물었다. 지인들에게 한 권씩 나누고 싶다고 했다. 어르신의 시가 궁금하기도 했고, 또 시집의 출판을 도와드리고 싶었다.

집으로 돌아오는 내내 아버지와 나는, 매일 정원에 파묻혀 사는 엄마에 관해 이야기를 나눴다. 온종일 정원에서 풀 뽑고 나뭇가지 치는 엄마의 건강이 걱정되어, 그만하시라고 말다툼도 여러 번 했다. 그때마다 엄마는 화를 냈다. 나무좀 그만 자르라고 성을 내면, 엄마는 나와 아버지가 외출한 후에 몰래 잘랐다. 시간이 지나 그 나무를 바라보면 다시 무성해 자르기 전보다 더 주변과 잘 어울리는 형태가 된 것이다. 그동안 제대로 알지도 못하면서 엄마에게 내질렀던 잔소리나 충고가 얼마나 어리석은지.

아버지와 나는 양동 곤충 어르신의 사는 모습에서, 어머니에 대해 다시 생각하게 되었고, 엄마에게 고마워해야 한다는 것을 서로 확인하였다. 뇌경색으로 서울병원에서 주기적으로 약을 한 보따리씩 타 먹는다. 지금처럼 살림하고 정원을 가꾸는 것은 젊은 사람도 힘든 일이다. 당신이 할 수 있고 기뻐서 하는 일이니 참견하지 말라고 한다. 그러고 보니 엄마는 코로나를 앓고도 가볍게 지나갔다. 엄마의 건강을 염려하는 것은 기우인 것인가. 아버지와 나는 앞으로 엄마에게 칭찬과 응원만 하기로 서로 뜻을 모았다.

오늘도 엄마는 지인이 나눔 한 흰 국화를 해가 질 때까지 뜨락에 심고 난 후, 늦은 저녁을 먹으러 집 안으로 들어왔다. 나는 정성스레 밥상을 차려드렸다. 나는 이미 아버지와 저녁을 끝낸 후였다. 엄마의 밥상 동무하느라 식탁에 마주 앉았다. 생선 한 점을 발라 엄마 숟가락 위에 얹었다. 엄마는 놀란 듯 눈이 둥그레지더니 이내 행복한 미소를 지었다.

"내일은 해가 서쪽에서 뜨려나 보다. 웬일인지 풀을 매는데, 아버지가 잘해놨다며 아이스크림을 하나 가져다주더라."
"……."
나는 씩 하고 웃었다.

# '6시 내고향'을 타고 추억 여행

용인 · 박정애

나이가 드니 그리움으로 살게 되는 것 같다. 지나온 나날들이 거대한 중력으로 나를 끌어당긴다. 특히 아무리 그리워도 이젠 만날 수 없는 아버지에 대한 그리움은 갈수록 그 농도가 더 진해져만 간다. 그 무게를 견딜 수 없을 때 6시에 맞춰 티브이를 켜곤 한다. 그리고 '6시 내고향'이라는 타임머신을 타고 가장 행복했던 한순간으로 여행을 떠나곤 한다.

20여 년 전, 오래간만에 일찍 퇴근해서 6시에 맞추어 티브이를 켰다. 티브이에서는 '6시 내고향'이 방영되고 있었다. 전라남도의 한 시골 마을에서 나고 자랐지만, 그 당시 서울에서 살고 있던 나에겐 '6시 내고향'이 정겹게 느껴졌다. 가끔 내 고향과 가까운 세지 멜론이나 영암 무화과 그리고 해남 밤 호박 등이 소개되기도 했는데 그럴 땐 고향 사람들을 만난 것처럼 가슴이 설레기까지 했다. 그런데 그날은 '영산포 홍어 축제'가 방영되고 있었다. 지금은 나주시로 통합되어 그 이름이 사라졌지만 어릴 때 아버지 손을 잡고 영산포 오일장에 자주 따라다니곤 했던 나에겐, 영산포라는 지명이 입을 틀어막고 발을 동동 구를 정도로 반갑게 여겨졌다.

나는 티브이를 보다 말고 얼른 고향 집에 전화했다. 전화벨이 몇 번 울린 뒤 수화기 건너편에서 아버지의 목소리가 들려왔다. 내가 '여보세요?' 하고 말을 걸었다.

"오냐, 정애냐?"

"예. 지금 뭣 허고 있소?"

"테레비 본다."

"6시 내고향이라?"

"오냐, 어찌게 알았냐?"

"나도 지금 그거 보고 있소."

아버지와 나는 동시에 웃음을 터뜨렸다.

"너도 그거 보냐?"

"가끔 봐라. 근디 오늘은 영산포 홍어 축제 나오길래 전화 한번 해봤소."

"안 그래도 나도 재미지게 보고 있다."

'6시 내 고향'으로 통한 아버지와 나는 몇 마디 더 평범한 안부를 묻고 전화를 끊었다. 짧은 통화였지만 뭔가 찡한 감정이 몰려왔다.

사실 아버지와 나는 별로 대화를 나누지 않는 편이었다. 원래 말이 없으신 아버지는 고향 집에서 함께 살 때도 거의 말씀을 하지 않으셨다. 어렸을 땐 나 혼자서라도 재잘거리곤 했지만, 사춘기에 접어들면서부터는 나 역시 거의 말을 걸지 않았다. 고등학교를 광주로 진학하면서부터는 그야말로 대화를 나눌 기회가 없었다. 집에 전화했는데 아버지가 받으면 뭐라고 말해야 하나 당황스럽기까지 했다. 이런저런 핑계를 대며 명절 때도 고향에 내려가지 않기 일쑤였다. 그러다 결혼이 늦어져 노처녀라는 말을 들으면서부터는 더 전화하지 않게 되었다.

그런데 잘 지내시는지, 어디 아프시진 않은지 등과 같은 형식적인 대화 말고도 아버지와 내가 반가움이라는 한마음으로 통했던 그 순간이 너무 소중하게 여겨졌다. 아버지랑 친해진 기분이 들었던 것 같기도 하다. 그러면서 그동안 소원했던 관계를 회복하기 위해서라도 자주 안부 전화를 드려야겠다는 생각도 하게 되었다.

하지만 그 전화 통화가 아버지와의 마지막 추억이었다. 얼마 안 되어 아버지가 돌아가시고 만 것이다. 아버지가 살아계실 때 같이 웃을 수 있는 더 많은 추억을 만들지 못한 것이 두고두고 후회되었다. 후회의 감정이 누적될수록 그 순간의 그리움이 더 커져만 갔다.

아버지가 돌아가신 뒤 한참 후에야 나는 아버지처럼 조용하고 성실한 남자를 만나 가정을 꾸렸다. 아버지의 막내 손주가 된 아들도 낳았고 나름 알콩달콩 살고 있다. 아버지 살아계실 때 이런 다복한 모습을 보여드리지 못한 것이 여전히 죄스럽게 여겨진다.

언젠가부터 '교감의 순간'이 바로 가장 행복한 순간이라는 것을 깨닫게 되었다. 비록 그런 순간은 찰나적이기도 하고 자주 찾아오지도 않지만 그래도 그런 몇 번의 추억을 가슴속에 품고 살 수 있다는 것만으로도 감사한 인생이라는 생각이 든다.

조금 있으면 6시다. 모처럼 '6시 내고향'을 보며 먼 옛날 아버지와 통했던 그 추억을 되새김질 해보련다.

# 혼자가 아닌 나

**부산 · 배현주**

작은 카페를 차렸을 때의 일이다. 커피를 워낙 좋아해서 세계의 많은 커피를 접했고 공간을 꾸미는 것에도 관심이 많았다. 이른바 동네에 보기 드문 예쁘고 맛있는 카페가 되겠다는 당찬 포부가 있었다. 하지만 현실은 냉혹했다. 번화가가 아닌 작은 도시의 골목 사람들을 상대하는 것은 쉬운 일이 아니었다. 결혼도 안 한 젊은 여자가 혼자 카페를 하니 별일이 다 있었다.

서울에서 좋은 원두를 납품받아 쓰느라 커피 맛엔 자부심이 있었는데, 자신의 가게 자판기 커피를 들이밀며 맛 좀 보라고 텃세를 부리던 음식점 사장님, 맛은 있는데 가격이 비싸다고 1,500원짜리 커피값을 깎아달라던 윗집 아저씨, 단골손님이라 이런저런 얘기를 나누며 가깝게 지냈는데 사이비 종교를 전도하려는 목적이었던 건넛집 아주머니 등 참으로 다양한 인간 군상을 만났다.

사람 상대에 지쳐 손님들과 가벼운 이야기도 하지 않던 때 일이 터졌다. 취객이 술집인 줄 알고 카페로 들어오려 했고 제지당하자 심한 욕설을 하며 난동을 부렸다. 급기야 커피 템퍼를 들고 내게 던지려던 찰나, 남자 한 분이 앞을 막아섰다. 얼굴을 보니 가격을 깎아 달라던 윗집 아저씨였다. 본인도 위험할 수 있는데 112에 신고를 해주고 경찰이 올 때까지 기꺼이 자리도 지켜주었다. 상황이 정리되고 감사의 인사를 전하니 딸이랑 비슷한 또래라 나서지 않을 수 없었단다. 고작 몇 푼 된다고 깎아 달라냐며 시골 사람들은 역시 안 된다고 속으로 비웃던 마음이 몹시 부끄러웠다.

그리고 얼마 후 함께 미래를 꿈꾸던 남자 친구와 헤어지게 됐다. 혼자 있으면 더 침울해질 것 같아 카페를 열었는데 눈물이 멈추지 않았다. 그때 하필 사이가 좋지 않던 음식점 사장님이 커피를 사러 왔었다. 우는 모습을 말없이 보더니 커피를 받아 들고 한마디를 남기고 갔다. "살다가도 헤어지는데 뭐. 내가 사장님보다 좀 더 살아 보니 그런 거 아무것도 아니야." 정말 이상하게도 그게 참 위로가 됐다. 평소에 얄밉게도 쓸데없는 말이 많아 싫은 내색도 했었는데 세상에 배울 점이 없는 사람은 없다는 말이 사실이었다.

사람에게 상처도 받지만 결국 그 치유 역시 사람으로만 가능하다. 어쩌면 모든 일은 사람과의 관계에서 출발하는 게 아닐까. 세상은 혼자 살 수 없고 누구든 한 번쯤은 도움을 주고받게 된다. 나 혼자 잘났다고 카페를 시작한 나는 그제야 첫 단추를 제대로 끼게 되었다. 또 일련의 일들 이후 사람을 볼 때의 관점이 많이 달라졌다. 나쁜 점보다는 좋은 점을 먼저 보려 하고 그것을 본받으려는 자세가 생겼다. 그러니 저절로 행복해졌다. 나만의 행복을 발견하는 방법을 찾은 것이다.

지금은 잠시 카페를 접고 다른 도시에서 살고 있지만 매일 아침 커피 향을 맡으며 카페 문을 열던 때가 생각난다. 다시 하게 되면 오는 것만으로도 행복해지는, 사람 냄새가 물씬 풍기는 동네 사랑방 같은 그런 카페가 되리라 다짐하면서.

# 성(姓)의 무게를 벗어났습니다

**광주 · 살림셸리(Salim Shelly)**

제 이름은 셸리입니다. 인도네시아에서 왔습니다.

제가 태어난 인도네시아에서는 그 당시, 부모가 자식의 이름을 자유롭게 지을 수 있었습니다. 한 글자, 두 글자, 세 글자도 가능하고 가족의 성이 다 달라도 문제없었습니다. 전국 부모의 창의성 대회이랄까. 저는 '셸리'라는 한 글자의 이름으로 출생신고가 되었습니다. 그런데 네 살 위인 제 오빠의 이름은 'A. M. 아데키'였습니다. 이름, 가운데 이름, 성이 들어간 이름이었습니다.

제가 이름을 공책에 쓸 수 있을 만큼 자랐을 때, 부모님께 여쭤 봤습니다. 제 이름은 왜 '셸리'만 있냐고. 파파는 피하셨고 마마는 그래도 설명해 주시려 했습니다. 제 출생신고를 큰이모가 해 주셨는데 실수로 성인'아데키'를 빠뜨렸다고 하셨습니다. 이어진 의문이 있었지만, 더 여쭤보지 않았습니다.

친구들 중에도 나처럼 한 글자만 있는 친구가 몇몇 있었습니다. 그중에 같은 반에 '셜리'가 있었습니다. 초등학생 친구들 요청에 응해 우리는 스스로 성을 붙였습니다. 셜리는 '푸이'를 추가했고 저는 당연히 '아데키'를 추가했습니다. 한동안 저는 '셸리 아데키'가 되었고, 원래 내 이름이 '셸리 아데키'였다고 생각을 했습니다.

마마와 파파가 이혼을 하게 되었습니다. 놀라우면서도 놀랍지 않은 결말이었습니다. 저는 파파와 멀어지면서 마마와 가까워졌습니다. 어느 한가하던 날, 마마가 옛이야기를 해주셨습니다. 마마와 파파의 사이가 오래전부터 좋지 않았다고 했습니다. 이미 제가 태어났을 때 아이 둘을 엄마가 혼자 키워야 할 만큼, 그런 엄마가 안쓰러워 큰 이모가 저를 입양하겠다고 결심할 만큼 두 분의 사이가 깨진 지 오래였다고 했습니다.

마마는 입양을 보내려던 저를 키우기로 결심을 했고, 그렇게 시간이 흘렀다고 했습니다. 마마가 간접적으로 저에게 "사랑한다."라고 말씀하실 때, 별다른 생각을 하지 않았습니다.

시간이 더 지나 저는 어른이 되었고 한국으로 대학원을 다니기로 했습니다. 졸업한 후, 마마의 집으로 돌아가는 계획을 접고 외국에서 살기로 결정을 내렸습니다. 한국에 있는 날이 많아질수록 마마에 대한 생각이 많아졌습니다. 동시에 기억들도 흐릿해졌습니다. 그래서 글쓰기를 시작했습니다.

어느 날 글감을 찾는 중에 제가 입양될 뻔한 이야기가 떠올랐습니다. 갑자기, 유레카! 이제서야 깨달았습니다. 왜 큰이모가 제 출생신고를 해주셨는지, 왜 파파가 제 이름을 바로 고치지 않았는지, 그리고 성이 필요했던 여권 신청했을 때 파파가 왜 '아데키'를 해주지 않았는지. 마지막 퍼즐 한 조각을 맞추고 나자 뿌듯했습니다. 그토록 갖고 싶은 성이 저와 상관이 없었고, 괜히 무거웠을 뿐이었습니다.

마마는 든든한 남자와 재혼하셨고 파파도 밝은 여자와 재혼하셨습니다. 마마에게는 제가 영원한 막내지만 파파에게는 막둥이가 생겼습니다. 제 동생의 이름은 'A. U. 아데키'입니다.

저를 '셸리'라고 불러주세요, '이' 소리 끝에 미소를 지어주세요. 저는 잘 살아오고 있습니다. 한층 가벼워진 저예요.

# 오십에 맞는 행복

안동 · 오순임

오십이라는 나이는 참 많은 것이 달라진다.

일단 아이들이 독립하여 자기 길을 가게 되고 사회적, 경제적으로 자리를 잡아 부부만의 시간을 많이 가질 수 있게 된다. 신혼 때나 있을 법한 둘만의 시간을 결혼한 지 25년이 지나서야 가지게 되는 거다. 솔직히 심적으로 육체적으로 홀가분하다. 오로지 나에게만 집중하면 되고 간혹 남편만 좀 챙겨 주면 되니 해야 할 일이 확 준 것이다. 다행히 부부 사이가 좋은 사람들은 좋겠지만 부부 사이가 나쁘면 생각도 하기 싫다. 그래서 황혼 이혼이라는 말이 나오는 모양이다.

그래서인지 요즘에 와서야 나를 좀 돌아보게 되고 내가 뭘 정말 좋아하고 뭘 해야 행복한지를 생각해 보는 것 같다. 물론 그 사이사이 벌어지는 집안 대소사를 챙기긴 하지만 주된 시간은 나와 남편과 보내는 시간이다.

내가 첫 번째, 행복할 때는 남편과 나누는 티키타카다. 우리는 부모님 도움 없이 둘이 힘을 합쳐 가정을 이만큼 이루었고 이제는 직장도 퇴임을 앞두고 있는지라 그동안 결혼, 출산, 양육을 함께 하며 누구보다 서로에 대해 잘 안다. 다행히 아직도 서로 사소한 것과 다투고 화해하고 재미있게 살고 있으니 이런 유머가 둘 사이를 즐겁게 한다.

두 번째, 행복할 때는 내가 키운 화초를 돌볼 때이다. 베란다 큰 화분들을 치우고 허전하여 작은 화분 몇 개를 사들였다. 거실에 두니 따듯해 자주 죽는 경향이 있지만 물 주고 살펴보는 반려 식물 키우기 재미가 쏠쏠하다.

세 번째, 행복할 때는 나가 사는 자식들이 좋은 소식을 전해 줄 때다. 물론 아프고 돈 없고 아쉬운 소리도 하지만 뭔가 이루었다는 걸 전할 때는 참 대단하다는 생각이 든다. 물론 앞으로의 인생에 더 한 일도 있겠지만 하나하나 이루어가는 모습이 참 대견하고 기쁘다.

네 번째, 행복할 때는 늙으신 어머님들이 아기처럼 이야기하실 때이다. 이제는 옛날처럼 기라성 같은 성격도 없으시고 아기같이 되어 버린 두 어머님들이 김치 좀 해 달라 반찬 좀 달라 하시면 귀찮으면서도 세상이 이렇게 처지가 뒤바뀌는구나 싶다. 간혹 놀러 가면 얼마나 반가워하시는지 만약에 안 계시면 너무 허전할 것 같다.

다섯 번째, 행복할 때는 공연이나 영화가 내가 사는 고향에 자주 와 주는 것이다. 워낙 대도시 중심으로 문화생활이 이루어지다 보니 여기 같은 중소 도시는 한참 뒤에야 볼 수 있다. 간혹 와 주는 공연들이 사막의 오아시스처럼 반갑다.

여섯 번째, 행복할 때는 내가 사고 싶은 책을 손에 넣었을 때다. 빳빳한 새 책을 넘기면 내가 세상에 제일 부자인 것 같고 이 책을 읽어야 하는 의욕이 마구 샘솟는다. 평소 기다리던 작가의 책이 나오면 그보다 기쁜 일이 없다.

일곱 번째, 행복할 때는 정말 말이 잘 통하는 사람을 만났을 때이다. 인간관계가 얼마나 어렵고 자기와 잘 맞는 사람을 만나기가 어렵다는 걸 안다. 그러다 간혹 '아' 하면 '어'하는 궁합이 잘 맞는 사람을 만나면 그렇게 기분 좋을 수 없다. 물론 만나다 헤어지고 잘 지내다 실망하고 이런 일이 인간사 다반사지만 그래도 어쩌다 한번 나하고 '잘 맞네.'라는 사람을 만나는 건 행운이다.

이처럼 행복은 자기 생활 속의 사소한 것에서부터 시작하는 것 같다. 또 나이에 따라 그때그때 달라진다. 오십에 맞는 행복은 내가 좋아하는 것을 하면서 내가 좋아하는 사람을 만나고 일상의 작은 것에 감사하며 고맙게 지내는 게 제일 행복인 것 같다. 길가에 작은 풀잎 하나, 쨍쨍한 맑은 날씨 하나, 살살 부는 바람 소리, 사시사철 달라지는 계절의 변화에도 행복할 나이가 바로 오십이다.

# 원초적 기쁨

## 여주 · 원순식

　귀농한다며 촌으로 이사해 자리 잡은 커다란 집은 전원 속 목가가 아니었다. 사방이 콘크리트로 싸여 우람하게 선 건물, 마을 몰락의 상징일 구 우체국 청사였다. 군데군데 외벽 타일이 떨어졌어도 나는 살 집이 생겨 좋았고, 이 층이라 소원도 풀었다. 어릴 적 이 층 양옥에 사는 부자 친구가 무척 부러웠다.

　앞뒤로 보이는 건 논과 밭인데, 집 안에는 흙이 귀했다. 딱 한 군데, 대문을 들어서면 왼쪽에 빨간 벽돌을 쌓아 만든, 작은 화단이 있었다. 두 팔을 쭉 뻗으면 양 끝에 손이 닿을 만한 크기다. 전에 살던 이는 거기를 음식 쓰레기장으로 썼던 모양이다. 시골에선 먹고 남은 것을 밭 한 군데에 붓는다. 거름을 만든다고 하기에는 좀 그렇고, 치우는 방법이 땅에 묻는 거다. 여름이면 파리가 날고 냄새는 고약하다. 그렇지 않아도 더운 날, 열까지 후끈거린다.

　새 주인인 나도 별반 다르지 않았다. 위층이 살림집이라 오르내리기가 귀찮았지만, 벌레가 꼬이는 건 덜해서 괜찮았다. 그리고 나는 손바닥만 한 땅에 호박을 심었다. 이사한 다음 날, 부침개를 해 들고 뒷집에 인사하러 갔다. 마침, 집에 혼자 계시던 할아버지는 그걸로 점심 한 끼를 해결하시더니 모종 두 개를 주셨다. 그 덕에 한 해, 우리 식구 배가 든든했다. 고 작은 땅에서 자란 잎은 뜯어서 쪄 쌈을 싸 먹고, 조랑조랑 달린 호박은 요긴한 반찬거리로 삼았다.

이듬해 봄에는 부지런히 움직이지 못해 모종 심는 시기를 놓쳤다. 그날도 설거지 끝에 나온 쓰레기를 챙겨 아래층에 내려갔다. 못 보던 싹이 삐죽이 올라왔다. 내가 아무리 도시 태생이어도 호박은 아는데, 이게 맞나 싶어 고개를 갸우뚱했다. 찌꺼기에서 싹이 났나 보다 생각했다. 그게 호박잎이기는 한데, 떡잎 색이 좀 달랐다. 잘 모르니 어쩌랴, 좀 두고 봤다.

얼마간 지나자, 본 잎이 돋고 키가 자라더니 꽃이 피었다. 호박이 분명하다. 그런데 열매 맺는 꼴이? 단호박이었다. "어마! 전에 살던 사람이 단호박을 먹었나 봐. 맞네. 맞아. 거기서 나왔네!" 나는 흥분했다. 내가 이사한 뒤 먹은 게 아닌데, 단호박을 거저 얻었다. 주먹만 한 녀석들이 서너 개 달렸다. 공짜를 얻어 기분이 좋았다. 신기하고 뭉클하기도 했다. 사람은 제 입만 채우고 남은 걸 그저 흙바닥에 버렸는데, 그 녀석들은 거기서 새로 살아났다. 제가 자란 게 기특해 먹기도 아까웠지만, 고맙고 귀해서 더 곱게 갈고 끓였다. 노란 호박죽을 좋아하는 딸은 맛나했다.

이듬해, 이제나저제나 잎이 돋고 호박이 달리기를 기다렸다. 그런데 얼굴만 살짝 빼주곤 쓱 지나갔다. 알고 보니 이 아인 해거리였다. 작물 리듬을 알고는 나도 그리 기다렸다. 혼자 알아서 사는 게 놀라웠다. 아마 맘껏 뻗으며 자랄 수 없어서 그런 가보다 짐작했다. 그 집에서 아홉 해를 사는 동안, 다른 무엇보다 단호박은 나를 저절로 풍성하게 만들어 준 선물이었다.

남편이 들고 온 미니 단호박 세 개가 나를 잠시 기억 속에 다녀오게 했다. 혀끝에 단맛이 돈다. 쓰레기로 여겨져도 최선을 다해 생명을 틔운 그 아이들을 만날 수 있어 행복했던 순간.

이리저리 치여 생채기가 나고 마음이 가라앉으면, 조용조용 식재료를 다듬는다. 서른 해를 넘게 밥을 해도 여전히 손맛은 별로다. 그래도 내 입에 좋은 음식은 가만히 나를 달랜다. 배고플 때 밥알 한 톨이 시장을 덜어 주듯, 맛난 먹을거리는 슬픔에서 일어날 기운을 준다. 사는 게 별거냐, 이렇게 먹고 기운 내서 또 사는 거지. 가진 것 없어도 배부른 마음에 힘이 나지. 그래, 그렇지. 원초적 기쁨에도 감사하는 내가 행복 부자다.

# 행복은 복숭앗빛

## 영등포 · 이예리

고등학생이었을 무렵 있었던 일이다. 구름 한 점 보이지 않는 하늘에서는 끊임없이 햇빛이 땅으로 강하게 내리꽂히고, 폐부를 파고드는 공기는 한없이 축축하고 무거운 여름이었다. 그럼에도 나는 앞만 보고 달리는 들소처럼 저돌적으로 앞으로 나아가고 있었다. 좋아하던 삽화가의 화보집이 발간되었기 때문이다. 화보집에 대한 열망으로 심장은 금방이라도 터질 것처럼 쿵쿵 뛰었고, 서점으로 향하는 걸음걸이는 무척이나 날랬다.

그러나 홀연 코끝으로 슬며시 파고든 향기가 나의 몰입 상태를 깨뜨렸다. 어찌나 싱그럽고 달콤하던지 고개를 돌리지 않고서는 배길 수 없었다. 홀린 듯 찾아낸 향기의 근원지에는 할머니 한 분이 앉아 계셨고, 그 앞에는 딱 보기에도 범상치 않은 복숭아가 잔뜩 쌓여있었다.

자연의 축복을 한껏 품고 있는 그 복숭아는 풍요로움의 형상화 그 자체였다. 드문드문 노랗고 붉은빛이 감도는 노을빛으로 탐스럽게 무르익어 있었고, 하나 같이 큼지막했다. 잘 보면 한 구석에 임산부의 배에 그어진 튼살처럼 살짝 터질 것 같은 흉이 있었는데, 그마저도 완벽했다. 그런 과일은 이루 말할 수 없이 달콤하다는 사실을 나는 잘 알고 있었다.

분명 이 복숭아를 집에 사 가면 엄마가 좋아하시겠지.

엄마는 정말로 과일을 좋아하셔서, 하루의 시작을 과일과 함께 열었으며 마무리 역시 과일이 함께했다. 엄마의 육체는 과일로 이루어졌다 해도 무방했다. 그중에서도 엄마가 가장 사랑하시는 과일은 단연 복숭아였다. 더위를 싫어하면서도 복숭아 때문에 여름을 기다리실 정도로.

엄마의 기뻐하는 얼굴을 떠올리면서 할머니께 복숭아의 가격을 여쭤보았다.

"한 개에 2,500원."

할머니의 입에서 퉁명스레 흘러나온 답변에 나는 너무나도 당황해 입을 떡 벌렸다.

아니, 무슨 백화점도 아니고 길에서 파는 복숭아가 이리도 비싸담? 물론 요즘같이 물가상승률이 고공행진하는 세상에서 복숭아 2,500원은 말도 안 되게 저렴한 가격이지만 15여 년 전까지는 그렇지 않았다. 아무 망설임 없이 턱턱 사기에는 지나치게 비싼 가격이었다.

빈약한 주머니 사정을 생각해 보다가 안 되겠다 싶어 나는 복숭아를 포기하고 서점으로 향했다. 복숭아를 샀다가는 화보집을 살 수 없었기 때문이다. 복숭아 하나도 살 수 없을 만큼 돈이 없었 냐고 묻는 이도 있겠지만, 정말로 그만큼의 여유도 없었다. 그리 고 복숭아를 사려면 최소 두세 개는 더 사야 엄마 외의 다른 가족 들도 먹을 수 있지 않겠는가.

서점에서 마주한 화보집은 내가 꿈에도 그리던 그것이었다. 핥 듯이 화보집을 꼼꼼하게 살피며 조금이라도 더 깨끗한(귀퉁이가 찌그러지지 않고 긁힌 자국이 없는) 것을 고르려 애쓰던 때였다. 마음속 누군가가 말을 걸었다.

'아까 본 복숭아 대단하지 않아? 너도 알잖아. 그런 복숭아는 잘 없다는 사실. 네가 복숭아를 사서 집으로 가져가면 엄마가 얼 마나 좋아하겠어. 엄마가 기뻐하는 모습, 보고 싶지 않아?'

나는 결국 화보집을 손에서 내려놓을 수밖에 없었다.

복숭아가 빼곡하게 들어찬 비닐봉지는 무거웠다. 지나치게 무 거운 나머지 들고 있는 쪽의 손바닥이며 손목, 어깨까지 아플 지 경이라 들고 있는 위치를 계속해서 바꿔주어야 했다. 날씨는 또 어쩜 이리도 더운 건지. 분명 뉴스에서는 입추가 지났다고 했는 데, 가을이라는 것이 원래 더운 계절인 건지, 아니면 지구 온난화 가 문제인 건지. 가을의 선선함이 바람결에 묻어나기는커녕 습식 사우나 안에라도 있는 것처럼 뜨겁고 습해서 더 힘들었다. 그래도 엄마의 환한 얼굴을 보고 싶어서 그 복숭아들을 하나도 빠짐없이,

단 한 번도 떨어뜨리지 않고 조심조심 집까지 날랐다.

비닐봉지를 건네받은 엄마의 그 표정이란!

"세상에, 복숭아를 어디서 이렇게 많이 가져온 거야? 어디 농장이라도 다녀온 거니? 진짜 무겁네. 이걸 다 어떻게 들고 왔대! "

복숭아를 살피는 엄마의 두 눈이 휘둥그레 커지더니 더 없는 즐거움과 감탄으로 물들었다.

그날 가족들과 함께 먹은 복숭아는 최고의 맛이었다. 그리고 그 이후로도 그렇게 맛있는 복숭아는 먹어본 적이 없다. 물론 언젠가 또다시 만나게 될 수도 있겠지만 아직까지는 그 복숭아를 뛰어넘는 것이 없었다.

법정 스님은 세상의 모든 행복은 남을 위하는 마음에서 온다 하셨다. 남을 위한 일이라면 행복에 이를 수 있는 길이고, 나 자신만을 위하는 일이라면 결코 행복에 이를 수 있는 길이 아니라고 하셨다. 이 세상은 나 혼자 사는 곳이 아니다. 모두가 행복해져야 나도 행복해진다. 그렇기 때문에 끊임없이 다른 사람이 행복해지라고 마음을 기울이고 관심을 쏟는 일은 무척이나 중요하다.

엄마는 20여 년이 지난 지금까지도 종종 그 무더운 여름날의 복숭아 이야기를 꺼내고는 하시는데, 그럴 때 나의 가슴은 온통 복숭앗빛으로 반짝인다. 아마도 이것이 우리 곁에 존재하는 행복의 한 형태이리라.

# 소화제

## 구로 · 이진희

올해는 비가 자주 온다더니 이주 연속 주말에 비가 내렸다.

딱히 주말에 계획이 있는 것은 아니지만 이렇게 비가 내리면 아무것도 하지 않아도 될 것 같은 여유로움에 마음이 한결 편안했다.

사람은 나이를 먹을수록 여유를 가져야 한다던데 요 며칠 마음이 바빴다.

친정 아빠의 건강이 안 좋아진 터라 진료를 받기 위해 병원을 여러 번 오가며 검사를 받았기 때문이다. 그 와중에 별것 아닌 일로 언성(言聲)을 높이는 상황도 발생했다.

부모님 처지에서야 자식이 돈을 쓰는 것이 아까워서 검사를 받지 않겠다는 것이었지만 자식 마음 몰라주는 부모의 고집이 서운하고 속상한 마음에 말이 곱게 나오지 않았다.

결국 병원 복도에서 낯붉히는 상황이 벌어졌다. 지나고 나면 별것 아니지만, 그 당시에는 왜 그렇게 짜증이 났던 것인지 모르겠다. 그리고 왜 그때 침착하게 대화를 하지 못했는지 내 탓을 하게 됐다. 그냥 좋게 다독이며 알았다고 하면 다 괜찮았을 것을 말이다.

흔히들 세월을 먹는다고 말하곤 한다. 무엇이든 과식하는 것은 몸에 안 좋은 것처럼 사람도 세월을 과식하게 되면 병이 드는가 보다. 그래서 우리 아버지도 그 많은 세월을 소화하지 못해 병이 든 건 아닐까. 젊어서야 소화제 두 알, 액체 소화제 한 병으로도 얼마든지 극복할 수 있는 소화 불량도 나이가 들면 점점 더 힘들고 손이 많이 가는 것이 당연할 텐데도 매번 서럽고 아쉬운 마음이 드는 건 어쩔 수가 없나보다.

주말을 보내면서 마음이 무겁고 가라앉는 것은 아마 그 때문인 것 같았다. 연신 휴대전화기를 흘끔거리다가 손에서 내려놓기를 여러 차례. 마음 한구석 돈을 쓴 것도 나고, 힘들게 운전하고 병원을 오가며 수발을 든 것도 내가 분명한데. 왜 이렇게 죄지은 것처럼 마음이 불편한지 모르겠다.

그렇게 주말 저녁을 보낼 즈음, 엄마한테 전화가 왔다.

병원 쫓아다니느라 고생 많았다고, 성격 불같은 아빠 모시고 다니느라 네가 고생했다고, 미안하다는 말이었다. 제대로 걷기 힘든 탓에 아버지의 병원을 같이 오가기 힘든 엄마로서도 심기 불편한 아버지를 달래기 벅찼을 텐데 말이다.

고작 전화 먼저 하는 게 무슨 대수라고.

엄마의 목소리를 듣고 나니, 모든 게 다 별것 아닌 것이 되어버렸다. 심술이 나면 좀 어떻고 고생을 좀 하면 어떤가. 내 부모고 평생을 같이 갈 사이인데 말이다.

"내일 친정에 좀 다녀와야겠어."

주말 내내 침울한 내 눈치를 보던 남편이 반색하며 같이 가자고 했다.

그러자고 대답을 하는 그 사이에도 내 마음은 분주했고 손은 더욱 분주해졌다.

얼마 전 오이지와 마늘쫑 장아찌를 담갔는데 마침 잘 익은 상태였다. 게다가 며칠 전 인터넷으로 주문했던 해남 꿀고구마도 아주 실한 것으로 도착한 상태였다.

'아버지가 뭘 좋아하시더라?'

몇 가지 밑반찬과 에어프라이어에 구운 고구마. 그리고 요즘 한철인 보리숭어회를 떠가지고 가야겠다고 결심했다. 생각난 김에 친정에 다시 전화를 걸어 내일 저녁을 같이 먹자고 했더니 너무 좋아하셨다.


다음날, 이것저것 챙겨서 부모님 집을 방문해 보니, 근사한 저녁 상차림이 이미 준비되어 있었다.

"너랑 이 서방 온다고 아버지가 직접 장을 봐서 잡채랑 호박전

을 부쳤어. 너 좋아하는 거라고, 오면 고생했으니 먹인다고 말이
야."

활짝 웃는 엄마의 옆에서 시치미를 뚝 떼고 시큰둥한 표정을
짓고 계신 아버지를 보자니 코끝이 시큰해졌다.

"힘들게 뭐 하러 준비했어. 몸도 편치 않을 텐데. 저녁 먹고 회
에다 소주 한잔 합시다아."

부엌으로 가서 준비해 온 음식을 내려놓고, 아버지 옆으로 다
가가 옆구리를 툭 쳤다.

"앞으로 종종 다퉈야겠다. 이렇게 잘 대해주는 거 보니까. 다툴
만한데?"

"별소리를 다 한다."

여전히 퉁명스러운 아버지의 말투, 하지만 멋쩍게 웃는 그 모
습이 내 눈에, 그리고 가슴에 콕 박혔다. 아버지, 아프지 말고 우
리 이렇게 평생 잘 지내면서 살아보아요.

나는 그날 근래에 들어서 가장 맛있는 식사를 했다.

# 느림을 알려준 꼬마 선생님

아산 · 이혜정

"엄마! 여기 봐봐."

"엄마! 저기 봐봐."

"엄마! 이리 와봐."

아홉 살 아들과 산책하려고 집을 나서면, 몇 걸음 떼지도 못하고 걸음을 멈춥니다. 아이가 엄마를 불러 세우는 이유는 대단하지 않습니다. 꽃을 피우기 위해서 꽃봉오리를 단 철쭉을 보여주거나, 사람들이 자주 드나드는 길 위에 떨어진 사탕 주변으로 개미가 꼬여 있는 것을 보여주기 위함입니다.

처음에는 제 반응이 시큰둥했습니다. 산책은 제게 건강을 위해서 쉬지 않고 걷는 것이 목적이지 멈춤이 아니었습니다. 아이가 하루는 그러더군요.

"엄마, 엄마는 왜 그냥 빨리만 가. 우리 산책 나온 거잖아."

아이는 저보다 산책의 의미를 더 잘 이해하고 있었습니다. 천천히 걷는 게 산책이지요. 이때부터 아이와 속도를 맞추거나, 뒤를 따라가고 있습니다. 아이가 보고 싶은 것을 충분히 볼 수 있도록 하기 위해서요.

속도를 늦추고, 아이를 기다려 주었을 뿐인데, 제게도 작은 변화가 찾아왔습니다. 바로 보이지 않았던 것들이 보이기 시작했습니다. 아들이 제게 선물처럼 준 느린 시간은 걸어가야 하는 길이 아니라 그 주변을 보게 만드는 마법을 부렸습니다.

이제는 아이처럼 길가에 핀 꽃을 자세히 봅니다. 올봄 벚꽃이 팝콘처럼 터지기 전까지 밖에 나갈 때면 늘 벚나무를 올려다보았습니다. 나뭇가지 끝에 작게 수놓아 있는 꽃봉오리가, 햇빛을 충분히 받고, 하늘에서 내린 비로 물기를 듬뿍 먹더니 서서히 꽃잎을 한 장 한 장 펼쳤습니다.

자연이 준 것만으로 자신의 꽃을 피워내고, 저와 사람들을 벚나무 아래로 불러들이는 과정은 아름다움을 넘어서 경외심을 갖게 했습니다. 자세히 들여다보고 꽃이 피어나는 느린 과정을 다

지켜본 저로서는 앎이 덧대지니 그 아름다움을 배로 느꼈습니다. 역시 알아야 보이고, 알면 더 아름다운 법입니다.

저보다 서른 살 어린 아들은 행복의 비결을 본능적으로 알고 있었습니다. 멈추고, 들여다보는 것이지요. 아들 덕분에 잊고 지냈던 '느림'을 제 걸음에 밀어 넣었습니다. 행복은 대단한 것이 아니었습니다.

내 걸음이 빨라서 지나쳤던 것을 천천히 음미하는 시간을 갖는 것 그것이 행복이었습니다.

# 400개의 섬

## 대구 · 임윤아

얼마 전, 10년간 400명이 넘는 사람들의 목숨을 구해낸 한 할아버지 이야기를 보았다. 일본의 도진도라는 섬은 아름다운 주상절리 절벽을 가진 명소이지만 천연기념물임과 동시에 일본에서 가장 유명한 자살 명소로도 알려져 있다. 도진도에서 경찰로 근무했던 한 할아버지는 현재 '마음을 울리는 떡'이라는 떡집을 운영하고 있다. 매일 도진도를 순찰하며 생의 마지막을 그리는 이들을 찾고, 절벽 사이에 놓인 신발이 없는지 꼼꼼히 살펴본다.

순찰 중 아무런 짐 없이 절벽에 앉아 있는 한 남성에게 다가가 말을 걸어 지난 행복을 추억할 수 있도록 손을 내민다. 아무도 시키지 않았지만 2대의 공중전화 옆에는 도움이 필요한 이들을 위한 동전을 채운다. 마지막 순간에 가족을 떠올리며 통화를 하려는 이들을 위한 선의인 것이다. 친구에게 부탁해 건물 내 공간을 빌려 한 달간 생존자끼리 서로 교류하고 소통할 수 있도록 마련해

둔 일까지, 그가 보여준 인간적인 선행들에 지나온 나를 떠올려 본다.

삶은 매일 꽃밭을 보여주다가도 어느 날 갑자기 가파른 절벽을 보여준다. 흔히들 행복은 돈으로 살 수 없는 것이라 말한다. 하지만 돈이 없으면 불행하다고도 말한다. 치열하게 일하며 돈을 벌고, 그 와중에 더 이상 불행해지지 않기 위해 애를 써야 하는 삶이 너무나 길고 고단하게 느껴지는 것은 당연지사. 사람은 때때로 모가 나 작은 일에도 시기 질투의 열꽃이 피고, 아주 큰일을 당연시 하는 마음을 가져 더 많은 것을 가지기 위해 사지를 뒤튼다. 먹고 사는 일뿐만 아니라 아주 어릴 적부터 쌓아둔 결핍의 끈을 어떻게 도려내야 할지, 아니 어떻게 새로 묶어야 할지 고민을 해야만 한다. 이는 비단 나만 겪는 고통이 아닐 것이다.

요새는 행복해지기 위한 첫걸음으로 '혼자 있는 연습'을 하고 있다. 여행이라는 명분을 빌리든, 가고 싶은 카페라는 명분을 빌리든, 어떠한 연유든지 간에 혼자 있을 수 있는 사람이 된 것이다. 혼자 있을 수 있도록 오래전 좋아했던 영화를 하나둘씩 다시 꺼내 보기 시작했고, 웹툰까지 정주행하기 시작했다. 가끔은 남몰래 일기도 쓰고 낮잠도 잔다. 최근에는 LP에 꽂혀 홀로 LP카페에 가서 감으로 LP판을 고른 뒤, 지겹도록 감상해 본다. 그러다 운이 좋으면 마음에 쏙 드는 아티스트를 만난다. 그렇게 알게 된 Olivia Dean, UFO라는 노래는 일주일에 두세 번씩 꼭 방 안에 흘러 퍼진다. 언젠가 혼자 사는 방에 LP플레이어를 두는 자그마한 꿈도 세워두었다.

꼭 나를 찾는 사람이 없거나 가족이 지지해 주지 않거나 연애를 길게 쉬게 되더라도 일단은 혼자 있을 줄 아는 사람이 되는 것. 그 과정에서 돈이나 일에 집착하거나 의존하지 않는 노력도 상당 부분 필요하다. 정말이지 힘든 일이다. 만날 사람 없고, 할 거 없고, 심심한 시간을 어떻게든 때우는 일이. 그렇지만 옛날로 돌아가고 싶지 않다는 일념하에 요즘은 조금 더 의식적으로 혼자 있다. 불필요한 약속과 모임과 새로운 사람과의 만남을 중단한 요즘, 슴슴하긴 하지만 전과 다른 깊이감을 느끼며 산다.

그리고 찾고 있다. 좀 더 혼자가 익숙해지고 독립에까지 성공하여 자리를 잡게 되면 400개의 이야기를 구해낸 그처럼 나 역시 400개의 이야기를 붙잡을 수 있는 사람이 되고 싶다. 가끔은 속는 셈 치고 누군가에게 동전을 빌려주는 나아가 마음껏 통화할 수 있도록 동전을 놓고 오는 사람이 되고 싶다. 그럴 수 있을까? 삶이 하찮게 느껴지거나 무의미하게 느껴질 때 누군가에게 망설임 없이 손 내밀고 오히려 나의 이야기가 아닌 상대의 이야기를 가만

들어주는 사람이 될 수 있을까?

　몇 주 전, 상담사를 통해 책 하나를 추천받았다. 2024년 作 [서른에 읽는 아들러], 서른을 앞둔 요즘 문득 내 삶에 대한 회의감이 들 때 한 편의 음악 같은, 삶의 아름다움을 보여주는, 맞잡은 손을 놓지 않게 만드는 사람에 대한 꿈을 꾼다. 이제는 그 사람이 부디 내가 될 수 있도록, 햇살이 잘 드는 도서관에 앉아 찬찬히 아들러를 읽어봐야겠다. 그리고 혼자일 수밖에 없는 우리를 위해 구체적인 계획을 세워야겠다. 그건 분명 400개의 섬을 살리는 일일 것이다. 내가 아는 사랑 중에 가장 큰 크기의 사랑일 것이다.

# 누군가를 기분 좋게 하는 것

### 대전·장서율

사랑하는 엄마!

'행복'이라는 말을 떠올리면 갑자기 머릿속이 하얘져요. 행복, 사랑, 우정 같은 단어는 엄청나게 특별한 느낌이 들거든요. 드라마나 책 같은 곳에 나올만한 특별한 이야기 같은 거요. 그런 것들에 비하면 제 이야기는 너무 평범하고 사소한 것들이에요. 그런데 엄마가 그러셨죠.

"너를 기분 좋게 하는 모든 순간이 행복이야."

그래서 가만히 제 하루일과를 생각했어요. 알람소리에 눈을 떴는데 몸이 가벼워서 한 번에 벌떡 일어났어요. 거실에 나와 잠깐 핸드폰을 보는데 간밤에 온 친구들 연락에 기분이 좋아졌어요. 싫어하는 체육 시간에 피구까지 져서 기분이 별로였는데 급식이 맛있어서 다시 기분이 좋아졌어요. 그리고 학교 끝나고 친구와 놀이터에서 신나게 놀고 집에 들어왔어요. 아무도 없어서 조용한 집은 내 맘대로 할 수 있어요. 신발을 아무렇게나 벗어놓고, 양말도 뒤집어서 벗고, 냉장고를 열어서 음료수를 꺼내요. 선풍기 틀고 앉아 음료수를 마시며 텔레비전과 핸드폰을 함께 해요. 분명 엄마가 이 장면을 봤으면 잔소리를 다섯 개쯤 하셨을 거예요. 하지만 이건 저 혼자만 누릴 수 있는 온전한 자유예요.

그러다 학원 갈 시간이 되면 어지른 걸 싹 정리하고, 벗어 던진 신발을 신고 집을 나가요. 엄마는 모르는 완전범죄 성공!

사소한 것도 행복이라고 할 수 있다면 저는 이 순간이 하루 중 가장 행복한 시간이에요. 너무 길어도 안 되고, 짧아도 안 돼요. 길면 익숙해져 버리고, 짧으면 아쉬움이 커져요.

엄마에게도 이런 시간이 있나요? 엄마도 퇴근하고 집에 와서 혼자 있는 시간이 딱 그렇지 않나요? 아무렇게나 신발을 벗어놓고, 냉장고에서 커피를 찾아 벌컥벌컥. 그러다가 저 올 시간이 되면 시치미 뚝 떼고 저녁 준비를 하시는 거죠.

하루하루가 이렇게 소소한 행복으로 채워진다면 항상 웃을 수 있을 것 같아요. 그런데 생각해 보니 엄마와는 조금 더 다른 생각을 하게 됐어요. '나를 기분 좋게 하는 것'도 행복이지만 '누군가를 기분 좋게 하는 것'인 더 큰 행복이 아닐까요? 나를 기분 좋게 하면 혼자만 행복하지만 누군가를 기분 좋게 하면 둘 이상이 행복해지니까요. 그래서 오늘의 행복은 엄마를 위해 쓸 거예요. 꽃 한 송이를 사서 엄마에게 드릴게요. 꽃을 보고 환하게 웃는 엄마를 보며 제 마음에도 꽃이 가득 폈으면 좋겠어요.

언제나 사랑해요 엄마! 이따 봬요!

# '한 끼의 밥상'과 '소소한 수다'

## 세종 · 전옥령

아주 소소한 것으로 행복을 느꼈던 순간들 있습니다. 정말 작은 영향력이었는데, 그 순간순간들을 생각하면 늘 웃음이 나옵니다.

저는 세종시에 삽니다. 그 노인은 84세 도봉구에 삽니다. 어느 날, 그분과 오랜만에 통화를 했는데, "자주 전화해 주세요." 하셨습니다. 참 조용하고 말이 없는 분이었는데, 고독고(외로움)에 시달리시는구나 싶었습니다. 그 후로는 제가 날마다 통화를 하며 수다를 떱니다.

처음에는 도서관 카드를 만들게 했더니, 그분은 도서관에 가서 책을 빌리시더군요. 이 결과는 오래가지 못했습니다. 그분과 대화 나눌 것이 점점 없어지던 차에, 날마다 하루 세 번 하시는 식사 이야기를 시작했습니다.

"오늘 뭐 드셨어요?", "점심 식사에는 뭐가 나왔습니까?", "저녁 메뉴로는 뭘 드셨나요?" 구체적인 메뉴를 듣던 저는, 갑자기 화가 나기 시작했습니다.

거의 매일 콩나물과 시금치, 김치들로 이루어진 밥상 메뉴. 오, 이건 아닌데! 저는 그분께 날마다 쪽지를 써서 주방장과 영양사에게 건의를 하라고 말씀드렸습니다. 물론, 날마다 제가 메뉴를 구상해서 전해드린 것이지요.

저는 그분께 노인복지관의 식사에 어울릴만한 메뉴를 골고루 추천했습니다. 물렁하고 소화가 되는 것들, 영양이 충분한 것들, 반드시 단백질이 들어가게 메뉴를 제안해드렸습니다. 그분은 경찰공무원으로 35년 근무하셨고, 훈장을 타고 은퇴한 분이라서 멋진 글씨체로 건의를 했나 봅니다. 날마다 건의한 색다른 메뉴가 밥상메뉴에 반영되었고, 식단이 바뀌기 시작했습니다. 동그랑땡, 순두부찌개, 두부조림, 감자조림, 가지무침, 청와대 출신 쉐프의 함박스테이크, 옥동자 돈가스, 어떤 것들은 전단지 사진까지 찍어서 보내드렸습니다. 그러면 그분이 건의를 했고, 날마다 메뉴에 반영되었습니다.

노인복지관에서 날마다 메뉴를 바꾸면서 50여 명의 어르신들이 다 행복해졌습니다. 저는 날마다, 메뉴를 고민해서 말씀드리고, 이 어르신은 또 가서, 건의를 하고. 이런 식으로 우리가 공조해서 노인복지관의 메뉴를 대폭 바꾸었습니다. 그 때문에 어르신들 모두가 입이 즐거워진 것이지요. 사실, 어르신들에게는 식사하는 일이 하루 중에 아주 중요한 행사였던 것입니다. 식사를 하고 나면, 바둑도 두고, 장기도 두고, 대화를 나눈다고 합니다. 모두 식사 메뉴에 만족하신다는 전언이!

어느 날, 복지관의 영양사가 건의를 안 받기 시작했습니다. 아마도 너무 많은 건의를 해서 과부하가 걸린 듯했습니다. 이미 수십 가지 메뉴를 추천해서 그것들만으로도 충분히 돌리면 행복한 식단이 되기에 충분했습니다. 더 이상 건의를 받지 않아 아쉽기는 하지만, 진화한 밥상 메뉴, 그 어르신들의 식탁을 생각하면, 미소가 절로 떠오릅니다.

행복은 높은 곳에 있지도, 낮은 곳에 있지도, 또 멀리 있지도 않다는 것을 느꼈습니다.
우리 생활 가까이 아주 소소한 곳에 행복이 묻혀 있었습니다. 단지 그것을 살짝 들추어서 파내어야 행복이라고 느낀다는 것이죠.

자, 이제 살짝 행복을 들추어 볼까요? 얼마나 많은 행복이 우리 곁에 있었는지.

"이 소장님, 오늘 점심은 뭘 드셨나요?"

"두부조림, 동그랑땡, 북엇국, 계란말이, 가지무침, 돼지고기 고추장볶음… 이렇게 먹었다오."

"오, 다 우리가 교체한 메뉴인데요? 호호호!",

내일은 또 뭐가 나오려나, 궁금해지고, 기대도 되고, 밥상 메뉴로 그렇게 많은 대화를 하고, 웃을 수 있다니. 삶이란 요런 소소한 것들 속에 뿌려진 향수 같은 행복이 있다는 것. 피식, 웃어봅니다.

# 나의 이름

**의왕 · 전현수**

    나는 장애인이다. 장애인의 삶에는 매 순간 용기가 필요하다. 이는 '장애인'이라는 단어가 사람들에게 주는 생리적 불쾌감에서 기인한다. 우리는 장애인을 향해 동정 혹은 혐오 단 두 가지의 시선만을 견지하도록 교육받았다. 이런 시선은 우리 자신에게도 예외가 아니다. 나는 오래도록 나를 증오했다.

    다행히 나는 운이 좋았다. 나마저도 나를 버리고 외면할 때, 오직 부모님만은 내 장애를 부정하지 않았다. 부모님은 자신을 온전히 책임질 수 없던 나를 대신해 내 몫으로 주어진 24시간까지 온전히 살아내셨다. 처음으로 장애 등급을 받은 지 올해로 꼭 20년, 우린 우리가 할 수 있는 모든 일을 했다. 안 받아본 치료가 없었고, 안 해본 일이 없었다. 대학에 합격하고 주변 모든 이들이 나를 축하할 때, 나는 마치 이제야 하늘로 날아오른 기분이었다. 오래도록 꿈꿨던 순간이 마침내 내 눈앞으로 다가왔다. 그리고 그해 3월은 어느 때보다 산뜻하고 맑았다.

대학에 입학한 직후, 사회봉사 과목을 수강하기 위해 관악구 장애인종합복지관을 처음 찾았던 날이 아직도 생생하다. 사회봉사를 해본 적이 없던 나는 무엇을 해야 할지 어안이 벙벙했다. 조금이라도 나와 같은 아픔을 가진 사람들을 위해 보탬이 되고자 하는 마음으로 일부러 장애인복지관으로 향했던 나의 치기는 그야말로 어리숙한 선택이 될지도 모르는 일이었다.

그러나 일단 한 번 향한 곳, 나는 스무 살이 할 수 있는 일을 하기로 했다. 가진 것이라곤 몸뚱이 하나뿐, 내가 할 수 있는 것이 달리 무엇이 있었겠는가? 나는 그저 복지관의 복지사님들이 시키는 일을 묵묵히 했다. 그렇게 1주일에 두 번은 복지관으로 가서 사회봉사를 진행하는 동안 나는 점점 일에 익숙해졌고, 조금씩 중요한 일을 맡기 시작했다.

처음에는 청소와 가재도구 설거지 등을 맡았던 나는 1달이 지나고, 2달이 지나자 어느새 복지관 프로그램에 보조교사로 합류했다. 그리고 그곳에서 만난 아이들은 오늘날까지 나의 뇌리에 너무나 강렬히 남게 되었다. 복지관 내의 대학생은 나 혼자뿐이었던 것에 비해, 나와 복지사님 한두 분이 책임져야 할 아이들은 6명 내지 많을 때는 8명은 족히 되었다.

그러나 인원이 많던, 적던 우리의 일은 어려울 수밖에 없었을 것이다. 아이들은 대체로 장애가 심각했고, 종류 또한 다양했다. 가장 많은 아이가 갖고 있는 장애는 발달장애, 그중에서도 자폐성

장애였다. 그나마 다행인 점은 아이들의 나이대가 비슷했다는 것이다. 가장 어린 친구가 15살, 가장 나이 많은 친구가 19살이었던 것으로 기억한다.

나는 본래 힘들고 귀찮은 일을 견디지 못하고, 지극히 이기적인 삶을 살아온 사람이다. 그러나 신기한 것은 아이들과 함께하는 일이 청소와 설거지보다 훨씬 더 힘들었음에도, 단 한 번도 불평한 적이 없었다는 것이다. 아마 어린 시절, 나를 위해 헌신했던 사람들이 얼마나 힘들었을지 깨닫는 시간이 되리라 여겼기에 불평하지 않았던 것 같다.

불평 없이 즐겁게 아이들과 시간을 보내던 나름의 정성 덕분이었을까? 나는 봉사가 끝나갈 즈음, 정말 감동적인 일을 겪었다. 아까도 말했듯, 아이들은 대체로 장애가 심각했기에 우리들의 이름은 물론, 자신들의 이름조차 제대로 쓰거나 말하지도 못하는 경우가 많았다. 나 역시 어린 시절, 내 이름 세 글자를 쓰기 위해 분투한 삶을 살았기에 이를 이해했다. 그러나 수업 중 한 아이가 내게 더듬더듬 건넨 말은 지극히 순수한 의도로 사람을 행복하게 만들었다.


"선생님 이름이 전현수 맞죠? 전현수 선생님! 고맙습니다"
누군가 내 이름 세 글자를 불러준 일이 이렇게 행복했던 적은 없었다.

# 행복을 짓는 소리

## 부산 · 조현아

아침 7시 20분. 쇼팽, 에튀드 작품10 제12번 '혁명'.

누군가에게 이 곡은 평범한 일상을 깨는, 새로운 시작을 알리는 '혁명'의 소리처럼 들렸던 것 같다. 하지만 나에게 이 곡은 '평범한 일상을 이어가게' 하는 내 알람 소리이다. 얼른 일어나라는 듯 재촉하며 빠르게 건반을 달리는 혁명을 들으며 나는 매일 아침 눈을 뜬다. 그리고 내 곁에는 곤히 잠든 남편의 얼굴. 잠귀가 나보다 어두운 남편은 아직 30분이나 더 행복한 단잠을 헤매고 있다.

상처만 깊은 시간을 보냈던 몇 년 전 나에게 쇼팽은 아니, 쇼팽을 연주하는 '조성진 피아니스트'는 소리로서 '내가 행복할 자격이 있는 사람'임을 알게 해주었다. 19세기의 일기처럼 작곡된 음악이 21세기를 살아가는 나의 마음을 어떻게 아는 걸까? 그게 너무 신기하여 좋은 소리를 쫓아 공연장을 가거나 유튜브를 돌아다녔다. 영상이 지배하는 유튜브 세상 속에서 나를 행복하게 하는 소리를 찾는 일은 나에게 큰 위로가 되었다. 클래식뿐만 아니라 누군가가 긴 머리를 사부작사부작 빗겨 주는 소리, 비가 텐트에 우두두둑 떨어지는 소리, 달콤한 초콜릿 디저트가 바스락 입안에서 부서질 때의 소리 등등. 이런 음악들은 내가 남편을 만나기 전까지 나의 행복을 책임져주던 일종의 '졸피뎀(불면증을 완화시키는 약)'이었다.

그렇다면 지금 나를 행복하게 하는 소리는 어떤 것이 있나? 삐빅 잠긴 현관문이 열리는 소리, 배가 고프다며 달그락달그락 먹을 것을 찾아 남편이 냉장고 문을 여는 소리, 아이스크림을 와그작 깨물어 먹으며 낄낄거리는 소리, 그리고 마침내 곤히 잠든 남편의 드렁드렁 코골이. 퇴근 후 집에서 들리는 그 소리를 위해 나는 돈을 벌고, 그 시간에 더 감사하기 위해 나는 매일 살아간다. 어떻게 우리 둘이 그렇게 만날 수가 있었으며, 어떻게 우리가 한 집에서 함께 살 수 있는지 생각해 보면 너무나 운명같이 행복한 평범한 일상!

소리로부터 시작되는 행복은 특별한 때 떠나는 휴가와는 사뭇 다르다. 이 여행에는 특별한 수고도 필요하지 않고, 다만 일상을 '특별히 여기는 마음'만 있으면 된다. 우리가 원하는 행복은 값이 그렇게 비싸지도 않고, 시간이 많이 들어 번거롭지도 않다. 작정하고 떠나는 휴가는 금세 지나가 버리지만 일상에서 찾은 행복은 더 오래 내 마음에 머무르는 법이다.

　당신을 행복하게 하는 소리는 무엇인가요?

# 3+1 자매, 까르르 여행

진주 · 조희영

큰 언니 기일 날, 조카 3자매와 막내 이모인 나 이렇게 4명이 처음으로 1박 2일 여행을 해보자고 마음을 모았다. 이제는 오롯이 우리를 위해 실컷 하룻밤 정도는 시간을 보내자고 했다.

1928년생인 우리 엄마는 막내인 나를 음력 8월에 낳았고, 큰 언니가 11월에 시집을 갔다고 했다. 이런 이유로 큰 조카와 나는 3살밖에 나이차가 안 나서, 언니 동생처럼 지내는 사이다. 우리끼리는 40년 이상 그냥 반말을 하고 지내서 어색하지가 않다. 큰 언니는 너무 젊은 37살에 4명의 아이를 두고 저세상으로 갔다. 나는 동생이 없고, 조카들은 엄마가 없다. 언젠가부터 막내 이모인 내가 조카들의 큰 언니 같기도 하다.

5년 전 나에겐 엄마, 조카들에겐 외할머니가 돌아가시자, 이제는 진짜 우리 모두 '고아'라고 겉으로는 웃으면서 말했다. 피붙이에게 편하게 터놓고 밤새도록 얘기하면 마음이 후련해질 것 같았다.

이제는 서로 얼굴 보고 뭉쳐서, 마음을 기대고 싶은 나이가 되었는가 보다. 어느덧 나는 50대 후반으로 달려가고, 늘 꼬맹이 같았던 조카들도 흰 머리카락이 듬성듬성 보인다.

더 늙기 전에 조카들과 함께하고 싶어서 "나도 모임에 낑가(끼워) 주라, 같이 1박 집 탈출하자."라고하며 이모가 조카들을 까불까불 들쑤셨다. 막내 조카가 여행 경비는 다 지출하고 1/n 하자고 깔끔하게 제안했다. 2개월 전부터 이 작은 여행에 들떠서 마음은 이미 여행지에 가 있었다. 멀지 않은 곳에 숙소를 잡았어도 첫 1박 모임이라 다들 설렜다.

서울에서 내려오는 KTX 예약하면서 시간 조율한다고 통화하고, 숙소 정하면서 가격이 적당한지 또 통화하고 메뉴 정하면서 또 얘기했다. 소소 이벤트(나는 필요 없지만 서로 나누기) 물건도 집에서 찾으면서 큰 조카와 깔깔대고 전화했다. 자연스럽게 이 '싸르르 여행' 덕분에, 식구들 때문에 힘든 것도 푸념처럼 털어놓고, 또 토닥토닥 들어주는 마음을 전하는 시간이었다.

드디어 내가 KTX 역으로 큰 조카 마중을 나갔다. 기다리고 기다리던 수학여행 온 것같이 들떠서 난리 난리였다. 늦은 오후 4명이 한자리에 앉았다. 여러 보따리를 풀면서! 나는 선물로 레이스 있는 양말 4켤레를 준비했고, 큰 조카는 깜짝 선물로 각자 이름의 이니셜 있는 열쇠고리를 내밀었다. 둘째 조카는 싱글이라 사용하지 않는 새 물건이 많다고 이삿짐처럼 가져왔다.

숙소 침대 위에 가방, 양산, 슬리퍼, 재킷 등 벼룩시장같이 펼쳐 두었다. 재킷을 번갈아 가면서 입어도 보고, 레이스 달린 깜장 양산도 뱅글뱅글 돌리면서 펼쳐보고, 슬리퍼 신고 모델처럼 걸으면서 "사이즈도 딱 맞고, 나에게 어울리네!"하며 뽐내기도 하고, "가방은 이모 니가 젤 잘 어울린다."하며 조카들이 나를 치켜세워주기도 했다. 10살 아이들 '소꿉놀이'같이 유치하지만 너무 재미있었다. 뜻밖의 선물에 "와! 귀엽다. 예쁘다!" 산타할아버지가 다녀간 아침보다 더 신나는 오후였다.

뒷날 아침에 조카랑 물안개가 자욱한 호수, 소나무 산책길을 느긋하게 걸으면서 꿈같은 시간을 보냈다. 같이 있는 시간이 마냥 좋았다. 이번 여행이 소박하고 짧았지만, 애틋한 조카들과 같이 보낸 참 소중한 순간이었다. 별것 아닌 작은 위로에 눈물이 핑 돌고, 별것 아닌 물건에 감동받은 여행이었다. 참 따뜻한 선물이었다.

여행을 마치며 우리는 여행의 소감을 전했다. 큰 조카는 "공식적인 첫 모임 대만족입니다. 다음 여행지 '천안'에서 봐요! 이모 감사해요." 둘째 조카는 "나눔 물건 좋아해서 내가 더 흡족해요." 막내 조카는 "애들 안 데리고 우리끼리 또 놀고 싶다." 그리고 나는 "잘 놀아야 잘 산다."라는 후기를 남겼다.

　울 엄마, 큰 엉가(언니)에게 살짝 귀띔해 준다.
　"우리 3+1자매들, 까르르 잘 놀고 잘 늙어가고 있어요. 하늘나라에서 안심하시오~"

# 행복을 나누는 고구마

**인천 · 최경수**

　몇 달 전, 지인이 고구마 한 박스를 보내주었다. 덕분에 해남이 고구마로 유명한지도 처음 알게 되었고 이렇게 맛있는 고구마도 처음 먹어 보았다. 하지만 두세 번 먹고 나서는 요리하기가 번거로워서 집 안 한 구석으로 고구마를 밀어 넣고, 그만 잊어버리고 말았다.

　그러다 청소를 오랜만에 하면서 고구마를 다시 발견하였다. 다행히 썩거나 상하지는 않았지만 군데군데 싹이 난 고구마가 꽤 보였다. 먹어도 괜찮은지 궁금해서 검색해 보니 싹이 난 고구마는 그 부분을 잘 도려내서 먹으면 괜찮다고 한다. 하지만 약속이 있어서 나가봐야 했기에 일단 고구마는 그대로 둘 수밖에 없었다.

　친구와 점심을 먹으면서 금방 찾은 고구마 이야기를 하였다. 버리기는 아깝고 보내준 지인에게도 미안한데, 요리해서 먹기는 또 귀찮다는 말이었다. 친구는 잠자코 이야기를 듣더니

"그럼, 그 고구마 나 줘."

라고 말하였다. 토요일마다 주말 학교에 가는데, 아이들과 함께 싹이 난 고구마는 심고 괜찮은 고구마는 먹으면 된다고 하였다. 예전에 내게도 같이 가자고 종종 말했었는데, 나는 한번을 같이 간 적이 없었다. 흔쾌히 승낙했지만, 주말 학교에 가서 도울 생각은 전혀 없었다.

며칠 후 토요일에, 나는 남은 고구마를 들고 친구를 만나러 갔다. 고구마만 주고 그냥 가려는 찰나에 친구가 나를 붙잡으며 말하였다.

"어디 가려고? 일단 고구마부터 저기서 씻어 와라."

정신을 차려보니 어느새 먹을 수 있는 고구마를 개수대에서 열심히 씻고 있었다. 다음에는 싹이 난 고구마를 아이들과 함께 화분에 심었다. 그동안 친구는 고구마를 쪄서 가져왔고, 아이들과 다른 봉사자들과 모여 앉아서 다 함께 나누어 먹었다. 그리고 이날 먹은 고구마는 여태껏 먹었던 고구마 중에 제일 맛있는 고구마였다. 웃음이 절로 나오는 맛이랄까.

이제는 매주 토요일이면 주말 학교에 가서 요리도 하고, 청소도 하고, 아이들과 여러 활동도 하면서 보내고 있다. 예전에 주말이면 집에서 하릴없이 뒹굴뒹굴하였고, 분명 편하고 좋았지만 행복하지는 않았다. 지금은 힘들고 정신없을 때도 종종 있지만, 행복하다고 자신 있게 말할 수 있다.

며칠 전, 고구마를 보내준 지인에게서 전화가 왔었다. 이런저런 이야기를 하다가 고구마는 잘 먹었냐고 물어보길래 무슨 일이 있었는지 나 혼자 한동안 막 떠들어댔다. 그러자 지인은

"네가 이렇게 신나서 말 많이 하는 거 처음 본다."

라고 말하며 같이 기뻐해 주었다. 그리고는 나중에 고구마를 또 보내주겠다 하길래 다음에는 우리 집이 아니라 주말 학교로 보내달라고 말하며 즐거운 통화를 마쳤다.


법정 스님께서는 타인에 대한 친절을 최고의 덕목으로 말씀하셨다. 다른 사람을 위하여 내 시간을 쓰고, 내 감정을 쏟고, 내 재물을 나눈다는 것이 어렵기 때문이다. 하지만 어려운 만큼 친절이 가지는 파급력과 전염성이 무척 크다. 지인이 고구마를 보내주는 친절을 행하지 않았다면 나 역시도 주말 학교에서 아이들에게 친절을 행하지 못하였을 것이다.

더불어서 내가 베푼 친절이 다른 이에게 기쁨이 될 수 있다는 사실을 깨달았다. 나아가 그 기쁨이 나에게로 다시 돌아오면 행복이 된다는 사실도 몸소 경험하였다. 결국 타인에 대한 친절은 나를 위한 행복이 된다. 앞으로 나는 이러한 나의 행복을 주변에 나누는 사람이 되고 싶다.

# 확실한 행복

## 인천 · 한난영

검사 결과를 들으러 가는 날 시간이 남아 서점을 들르게 되었
다. 근처에 있는 가까운 독립서점을 찾아서 핸드폰이 안내해 주는
길을 따라갔다. 허름한 계단을 올라 안이 보이지 않는 묵직한 철
문에 차가운 손잡이를 돌려 열고 서점에 들어갔다. 안이 들여 다
보이지 않아서 살짝 긴장감을 느꼈지만 안으로 발을 내딛는 순간
따뜻한 공기에 얼었던 몸이 녹아내리면서 기분 좋은 안정감을 주
었다. 은은하게 들리는 음악 소리에 발걸음을 묻으며 조심스럽게
주위를 둘러보았다. 보통 인상적인 책의 제목이나 눈에 익은 단어
이끌려 책을 집어 들게 된다. 처음 짚은 책은 블로그에 처음 글을
올린 제목의 시지프스의 신화였다. 시지프스란 단어에 이끌렸지
절대 신화라는 단어에 관심이 있었던 것은 아니었다. SF나 우주,
그리스 신화 등 역사나 미래는 내 관심사 밖에 것들이다. 그 책을
집어 들고 끝내 구입을 하게 만든 이유는 작가가 알베르 카뮈였기
때문이다. 요새 흥미롭게 읽고 있는 작가의 책인 것은 이유의 덤

이다. 내가 하는 긍정적인 노력들이 그것과 이어질 수 있는 또 다른 연결고리로 묶이고 있다는 생각이 들었다. 우주의 기운이 어떤 식으로 나에게 다가오는지를 느꼈다고나 할까. 일상에서 느낄 수 있는 사소하지만 확실한 행복이다.

서점에는 책의 종류도 오래된 고전의 책, 새로 나온 신작, 동화책, 만화책, 잡지 등 다양하게 구성되어 있었다. 독립서점의 장점인 아기자기한 소품들과 엽서, 메모지, 액자들도 책만 보다 자칫 지루하게 느낄 법한 순간의 시선을 잡아주었다. 많지 않은 벽에도 포스터나 사진, 필사를 한 것 같은 글이 적힌 종이들이 붙어 있어서 자연스럽게 시선을 따라 흘깃거리다가 한 엽서를 보게 되었다. 누군가를 기다리는 한 여인이 상대방에게 쓴 편지형식의 글이었다. 글 중에서 "당신은 내게서 달아났지만, 난 놀라지 않아요. 당신이 최근에 보낸 메시지들을 보면서 난 당신이 충동적으로 뒷걸음칠지도 모른다고 생각했었거든요. 하지만 내가 당신에게 두려움을 주다니 슬프군요."라며 이어지는 글의 마무리에 7월까지는 당신을 기다리겠다는 메시지를 담고 있었다. 누군가가 쓴 이 편지의 내용으로 집을 나가 있는 남편에 이해되지 않는 행동들의 해답을 본 기분이 들었다. 그리고 왜인지 나도 엽서의 주인공처럼 7월까지는 기다릴 수 있을 거 같다는 막연한 생각을 했다.

잃어버린 길 위해서 뜻밖에 새로운 길을 발견한 것처럼 순수하게 믿어졌다. 정황만을 놓고 봤을 때에는 도무지 이해할 수 없는 것투성이였지만 느끼는 직감들은 반대였다. 자신의 감정을 다룰 줄 모르는 아이가 떼를 쓰거나 마음에도 없는 행동과 말을 하듯이 남편도 그렇게 보였다. 자신의 힘듦을 좀 알아달라고. 한 문장이 지표가 되어 나를 데려가고 있음을 느낄 때 목적지가 보이지 않아도 일단 안심하고 잠시 행복하다. 서점에는 나도 모르는 길, 또는 내가 보려고 하는 길의 지표가 숨겨져 있다. 그 지표가 완전한 지도로써의 형태를 만들어 주는 것은 아니지만 내가 가진 생각을 올바르게 정화해 주기 때문에 갈림길에서의 선택이 편향되지 않고 현명할 수 있다.

책과 함께 행복을 손에 들고 나와 병원으로 검사 결과를 듣기 위해 갔다. 예약을 했음에도 잠시 대기해야 하는 상황이었고, 그 짧지 않은 기다림이 마음을 쪼그라들 게 만들었다. 드디어 차례가 되어 진료실 안으로 들어가 의사 선생님의 입 모양만을 바라봤던 거 같다. 선생님은 수술이 필요한 정도의 심각성은 보이지 않으며 추가로 살펴본 CT상에서도 이상 소견은 없다고 말했다. 안도감과 함께 울컥 눈물이 날 것 같은 기분이 들었다. 속으로 "울지 마, 다행이야 정말 다행이야."라고 스스로를 다독였다. 병원을 나와 저물어 가는 오후의 해 질 녘에 서늘한 바람이 불었지만 추위가 느껴지지 않을 정도로 온몸에 활력이 돌았다. 주변은 겨울이지만 나는 봄을 느끼고 있는 사람처럼 생기가 넘쳐흐르는 기분이었다. 맞다. 겨울 다음은 봄이었지.

# 배우고 정의하기

## 강서구 · 한지원

　사람들은 행복이 뭐라고 생각할까? 사람들은 사랑이 뭐라고 생각할까? 감정은 도대체 뭐지?

　행복이 포함된 큰 카테고리의 감정은 나에게 항상 궁금증의 대상이었다. 왜냐하면 누구에게 물어봐도 명확하게 알려주는 사람이 없었다. 사람마다 이렇게 하는 말이 다른데 그럼 나는 감정을 행복을 사랑을 뭐라고 생각해야 하는 거지? 내 생각에 이름을 붙이자면 어렵다였다.

　감정에 대해서 잘 몰라도 몇십 년을 살아오는 데 지장은 없었다. 회사 생활할 때는 이성적인 면이 더 이롭게 작용할 때도 있었다. 그럼에도 내가 감정에 관해서 관심을 가지게 된 계기는 10년 만난 남자 친구 덕분이다. 연애하며 나에게 주는 감정들에서 행복, 사랑을 느꼈는데 이런 것들이 행복과 사랑이라면 나는 돌려줄 자신이 없었기에 남들에게서 더 답을 찾고 싶어 했었다. 남자 친구에게 '행복이란 뭘까? 사랑이란 뭘까?' 라고 물어보면 네가 지금 하는 거라고, 말했다. 솔직히 이해가 가지 않았다. 뭐라는 걸까?

더 궁금해졌다. 그래서 감정에 대해 10번. 약 10시간 심리상담 선생님과 깊은 대화를 나눴었다. 내 첫 질문은 '감정이 뭔지 잘 모르겠어요'였다. 사람들이 말하는 감정의 종류를 명확히 정의하고 싶었다. 5번의 상담까지도 갈피를 잡지 못했다. 뭔지 여전히 잘 몰랐다. 그러다가 이어지는 상담 중 선생님께서 하신 2가지 말씀에서 깨달았다.

첫 번째, 감정은 배우는 거라고.

주변 사람들에게 어떤 감정의 키워드를 놓고 물어봐도 표현하는 방식이 달랐고 설명을 들으면 다 맞는 말 같았다. 이 말도 맞고 저 말도 맞고. 지금 와서 보니 감정이 배우는 거라면 다 다를 수밖에 없는 거였다. 우리가 언어를 배우듯이 한국어를 사용하지만, 한국어의 문법은 설명하기 어렵듯이. 유년 시절에 감정이라는 것을 자연스럽게 습득했다면 감정에 관해서 설명하는 게 어려울 수밖에 없다. 나는 자연스럽게 습득할 수 있는 시기를 놓치다 보니 하나하나 알고자 했고 공부하듯이 정의를 내리고 싶어 했었다. 그러니 어려울 수밖에.

두 번째, 내가 정의하는 거라고.

내 감정들에 내가 이름을 붙여주면 그게 나에게 행복이고 사랑인 거였다. 몰랐다. 이게 내가 느끼는 행복이구나, 이게 내가 느끼는 사랑이구나. 그냥 내가 정하면 되는 건데 내 감정인데. 이제야 남자 친구가 했던 네가 지금 하는 거라는 말에 대해서 이해했다. 그래서 정의하기 시작했다. 내가 소파에 누워서 빈둥거리는 순간이 행복하다 정의하면 행복한 순간이 됐다. 내가 집에서 라테를 만들어 먹는 순간이 행복하다면 그게 행복인 거였다.

이렇게 행복은 쉽게 찾을 수 있는 건데. 왜 그렇게 내가 아닌 다른 곳에서 찾고 싶어 했을까? 싶다. 나는 지금, 이 순간도 내 일상에 감정의 이름을 붙이며 행복의 여정을 만들어 가고 있다.

# 행복에도 공짜는 없었다

**여주 · 허옥희**

"엄마, 징검다리 연휴라 여주 가려고 하는데 엄마 일정은 어때요?"

"당근, 별일 없지. 별일이 있다고 해도 시헌이가 온다는데 무조건 OK이야."

사위는 출장을 가서 딸과 손주만 고속버스로 온다고 했다. 우리 내외는 시간에 맞춰 터미널로 마중을 갔다.

"할머니~"

나를 발견한 손주는 버스에서 내리기도 전에 두 팔을 벌려 몸을 날렸다. 얼른 품에 꼬옥 받아 안았다. 반갑고 행복했다.

모처럼 친정에 왔으니 딸도 손님이었다. 집에만 오면 마음이 편해진다며 결혼 전에 썼던 제 방으로 들어가 아예 이불을 펴고 대자로 눕는다. 친정 부모가 일찍 돌아가셔서 친정의 맛을 누려보지 못한 나로서는 이런 딸의 모습이 부러웠다. 나는 비록 누리지 못한 행복이지만 내 딸이 누릴 수 있는 행복이라면 나도 행복한 것이다. 더구나 딸이 자랄 때는 내가 직장 다니느라 제대로 해 주지 못한 미안한 마음이 있었다. '그래, 요즘 큰 시집살이는 없지만 애 키우는 일도 힘들지. 친정이니만큼 푹 쉬어라.'하는 마음도 들었다. 3주를 일찍 태어나면서 앓증이 심했던 손주라 고생했을 딸을 생각하니 더욱 그런 마음이 들었다.

손주가 온다고 하면 우리 내외는 분주해졌다. 손주가 오기 전에 층간소음을 최소화하기 위해 거실과 안방에는 매트리스며 요를 펴 놓았다. 손주는 제집보다 넓으니 시원하고 맘대로 뛸 수 있어 좋아했다. 5살짜리 눈에는 모든 것이 장난감이 되었고 놀이터였다. 침대에 비스듬히 세운 삼단 요는 미끄럼틀이 되었고 공기 주입하는 매트리스는 트램펄린이 되어 방방 뛰며 놀았다. 상자며 약통(침향환)·베개·방석 등 모든 것이 집 짓는 자재가 되었고, 키친 타월 심지는 야구 방망이가 되었다. 할아버지와 야구나 축구 놀이를 하면 나는 종목에 따라 중계하는 캐스터 역할을 해야만 했다. 힘들어서 소홀해지는 눈치면 왜 대충 놀아 주냐고 열심히 놀아달라는 주문이다. 쉴 틈 없이 에너지 넘치는 손주와 놀아주기가 여간 힘든 게 아니었다. 앉았다 일어났다 힘이 달렸다. 목소리도 갈라지며 아팠다.

저녁을 준비했다. 손주가 먹을 백김치며 오징어 실채를 휘리릭 볶아 냈다. 그래도 부족한가 해서 소고기뭇국을 끓였다. 사이사이 손주와 놀아가면서 어른들 먹을 오징어볶음도 했다. 하던 음식을 살펴보랴, 집안 가득 어질러진 장난감에, 자꾸 놀자고 불러대는 손주 때문에 정신이 없고 분주했다. 그래도 중간중간 "할머니, 사랑해요."라며 하트를 날려 주는 손주가 있어 행복했다.

"엄마, 소고기뭇국이 고급 한정식 맛인데. 어떻게 끓였어? 레시피 알려줘요." 이 말 한마디에 피로도 잊었다. 뭔가 자꾸 맛있는 걸 먹이고 싶었다.


정신없는 3일을 보내고 막상 보내려 하니 아쉬웠다. 한편으로는 이제야 좀 쉬겠구나 싶기도 하였다.

"우리 할머니네 집으로 이사 와요. 이사 와서 할아버지 할머니랑 같이 살아요."

가야 하는 손주도 아쉽긴 마찬가지인가 보다. 다음에 또 만나기로 손가락 걸고 약속하면서 손을 흔들며 헤어졌다. 집에 들어온 후 맥이 풀린 나는 온몸이 욱신거렸다, 몸살이었다. 손주와 나이를 잊고 뛰어논 후유증이었다. 3일간 손주랑 놀면서 누렸던 행복은 온몸을 바친 영광의 상처인 것이다. '그래. 행복도 공짜는 없는 법이야. 내 육신의 노고로 해서 얻은 행복인가 보다.'

휘파람 소리의 알람음이 울렸다. 딸의 카톡 알람 소리였다.

'어젯밤 시헌이가 잠자기 전에 갑자기 "할머니 보고 싶어, 할머니가 잘 때 해주는 옛날이야기가 재밌는데……."라고 그런다. 너무 귀여웠어.'라는 메시지였다.

손주도 3일을 놀다간 여운이 남은 모양이었다. 이 메시지로 아팠던 온몸이 언제 아팠나 싶은 게 나도 손주가 보고 싶어졌다. 행복했다.

'이제 언제나 올까?' 힘든 행복이 기다려진다.

# 이랑과 고랑에서 피어난 행복 한 송이

부천 · 홍영수

한여름 땡볕 아래서도 논틀밭틀을 오가며 묵정밭을 일구며 씨앗을 뿌리는 아내, 손으로 흩뿌리는 것은 가족을 위한 행복의 씨앗들이다. 그리고 발아한 농작물에 맺힌 알곡에서는 먼 객지에 나간 자식들의 안녕과 건강을 조심스럽게 따낸다. 그 순간 머금은 미소에는 행복의 미소가 슬며시 입가에 맺힌다.

긴긴 가뭄에도 희망의 빗물을 기다리는 마음처럼 논밭에 물을 주고, 어둑새벽 빗소리가 기다림에 지친 귓속의 달팽이관을 울릴 때면 장화를 신는 둥 마는 둥 하면서 곧바로 논밭으로 달려갔다. 이러한 아내의 모습을 바라보고 지켜 온 오랜 세월, 사랑과 존경으로 그리고 부족하지만, 옆지기로서 늘 함께 행복의 밭고랑과 논두렁을 일궜다.

아내는 농촌에서 시든 농작물의 잎사귀와 누렇게 색바랜 이삭

같은 힘든 길을 걸어오기도 했지만, 오직 인내와 견딤의 가위질로 행복의 농작물을 알뜰살뜰 가꿔왔다. 그때 실하게 맺힌 열매는 행복의 씨앗으로 다시금 싹을 틔웠다. 그렇다. 힘든 농사일에 어찌 불편한 심기와 짜증스러운 날들이 없겠는가? 그래도 행복의 열매와 잘 익은 곡식들을 위해서는 당연히 참고 견뎌야 했다. 더구나 힘든 농사 짓기에도 내색을 별로 하지 않은 아내를 위해서는 남편인 내가 먼저 위로하고 격려해야 했다. 가족의 행복과 평화를 위해서는 더욱 그러했다.

가깝고, 먼 논밭에서 작물을 일구는 아내의 모습에서 가끔 두 딸의 모습을 엿볼 때가 있다. 한 남편의 아내로서, 두 딸의 엄마로서 그리고 시댁과 친정의 많은 가족들과의 관계망 속에서도 늘 웃음을 잃지 않고 자신을 낮추며 주변인들을 챙기며 주어진 일에 열심히 노력하는 아내, 그러한 아내의 삶에 대한 자세에서 육순을 넘기며 살아온 남편으로서 차라리 그 어떤 신앙심마저 갖게 되었다. 그 알 수 없는 신앙심으로 올리는 기도에는 행복의 두 손이 곱고 경건하게 모아졌다.

살며, 살아오고, 살아가면서 느끼는 바이지만, 아내의 맘속 탯자리에는 눈에 넣어도 아프지 않을 객지에 사는 두 딸이 자리하고 있다. 그들을 위해서는 논밭에 씨앗을 뿌리듯 행복의 씨앗을 뿌리고 잘 여문 알곡을 위해 호미와 같은 농기구로 헐거운 곳은 북돋우고, 무너진 곳은 다시 쌓아 올리듯, 햇귀가 솟아오를 때부터 산 그리메가 밭두렁에 가만가만 내려올 때까지 단 한순간도 맘속 깊은 기도를 멈추지 않았다.

이렇듯 아내는 구멍 숭숭 뚫린 무릎에서 세월의 거친 숨소리인 듯 뚝 뚝 소리가 나지만, 두 손 짚고 일어나 여느 때와 다름없이 일터로 향한다. 자신의 육체적, 정신적 아픔과 고통은 허공에 매달아 놓고 오직 가족을 위해 자신마저 잃어가며 '행복'이라는 두 글자를 가슴과 마음속에 새겨넣는다는 것, 희생정신이란 이런 것일까?

비록 풍족한 삶은 아니지만 지금이 가장 행복하다고 느끼는 삶의 지혜를 보여주는 아내. 무엇보다 남들과 비교해서 스스로 비참함을 겪는 것이 아닌, 화려함으로 분장한 겉치레의 외투보다는 꾸미지 않은 순수함의 절제와 인내의 속옷을 입고 평생토록 벗을 수 없는 '엄마', '아내'라는 단어를 꼭 껴입고 지금도 논밭길로 걸어가고 있다.

땅끝, 시골 농촌의 삶이란 모든 일들이 힘들고 때론, 불편하지만 그래도 아내는 그러한 결핍을 고상함으로 승화시키고, 아름답고 멋진 숭고함을 동경하면서 살아가는 영혼의 소유자이다. 그렇게 맑고 고운 혼의 발소리와 기침 소리를 듣고 자라는 농작물에는 행복이 피어오르고 논두렁과 밭두렁에서 자란 알곡은 잘 여물 수밖에 없다. 행복의 열매 또한.

# 순간의 행복을 떠올려보다

## 춘천·황오육

우리 가족은 군인 가족입니다. 10년 전, 신랑과 제가 대위와 소위였을 때 만나 연애를 하고, 결혼하면서 주말부부로 지내다 첫째 아이가 태어나면서 저는 육아휴직을 하고 전역을 하게 되었습니다. 첫째 아이와 2살 터울로 둘째 아이까지 태어나 우리 가족은 4명의 완전체를 이루게 되었습니다. 그 사이 신랑은 군 생활을 성실히 하여 진급도 하고, 보통의 군인 가족들처럼 여러 번의 이사를 하면서 아이들이 유치원을 졸업하고 초등학생이 되어 학교생활을 하고 있습니다.

이렇게 가족 소개를 하면 어떤 분들은 굉장히 안타까워하는 분들이 계십니다. 왜 군인이라는 직업을 그만두었느냐고, 아쉽지 않냐고 물어보는 사람이 있었습니다. 사실 전역을 하기까지 꽤 많은 생각이 있었던 것 같습니다. 육아휴직을 하는 동안은 아이와 함께 보내고, 아이가 아프면 바로 병원에 데려갈 수 있고, 온전히 아이에게 시간은 쏟을 수 있었습니다. 그러다 복직이 다가오면서 아이는 출근과 동시에 1등으로 어린이집에 가야 했고, 부모의 퇴근을 기다리며 하원 시간까지 버텨야 했습니다. 첫째 아이는 유독 어린이집에 가는 것 자체를 힘들어했기 때문에 고민이 되었습니다. 양가의 도움을 받으면 좋았겠지만, 형편상 어려웠고, 각자의 보직이 바뀔 때마다 고민이 될 거 같았습니다. 여러 가지 고민을 하다가 제가 전역하기로 했고, 우리 가족은 다행히 같이 살 수 있게 되었습니다. 부부 군인이면 각자 보직 시기가 다르고, 어디로 가야 할지 예측할 수 없는 상황에 아이들도 힘든 상황이 생깁니다. 부부가 멀리 떨어져 지낼 때도 생기고, 잦은 이사로 환경이 자주 바뀌기 마련입니다. 그러나 우리 가족은 제가 전역을 함으로써 남편은 군 생활에 집중할 수 있게 되었고, 우리 아이들은 자주 바뀌는 환경 속에서 가정에서나마 안정을 찾을 수 있게 되었습니다. 첫째 아이가 이제 4학년, 3번째 학교이지만, 다행히 큰 어려움 없이 학교생활을 무탈히 잘하고 있습니다. 이런 생활을 통해 행복을 느낍니다. 지금까지 군 생활을 잘해내 왔다면 월급도 꼬박꼬박 받으며, 진급도 하고 직장생활에서 성공을 거두었을지도 모를 일입니다. (물론, 여군 중에서는 직장생활과 가정생활의 두 마리 토끼를 잡는 경우도 많습니다.)

저는 직업은 없지만, 엄마로서의 큰 행복을 느낍니다. 아이들이 아프지 않고, 어느 환경에서나 잘 적응해 준다는 것, 1~3년 만에 한 번씩 이사하며 지역이 바뀌지만, 그래도 4명이 집이라는 한 공간에서 같이 지낼 수 있는 것, 주말이면 같이 고기를 구워 먹으며 이야기를 나눌 수 있는 것, 한 달에 한 번쯤은 아이들과 근교로 여행을 떠날 수 있는 것, 부모님이 건강하셔서 멀리 사시지만, 아들 덕에, 사위 덕에 전국 일주를 하시며 이사 다니는 우리 집을 찾아오시는 것 등 사소한 일에 행복을 느낍니다.

요즘은 주말마다 가족 모두 자전거를 탑니다. 네 명이 네 대의 자전거를 타고, 평온한 강가를 달립니다. 아빠가 앞서고, 아들과 딸, 제 순서로 한 줄로 갑니다. 맨 뒤에서 아이들과 신랑을 바라봅니다. 그 순간만큼은 더할 나위 없는 행복을 느낍니다. 자전거를 타는 동안은 말은 없지만, 그사이에 서로 배려를 하면서 간격을 유지하면서 자전거를 탑니다. 날씨가 좋은 봄날, 가족 모두 자전거를 타는 이 순간의 행복을 떠올려보세요.

# 문을 열어주는 일

안성 · 황혜림

초등학교 시절, 나는 걱정거리가 아주 많은 학생이었다. 현장 학습 날이 다가와도 즐겁기보다는 버스에서 누구와 앉아야 할지 고민하다 밤잠을 설쳤고, 홀수였던 친구 무리에서 떨어져 나갈까 과하게 밝고 센 척을 했다. 어쩌다 마주친 친구의 눈빛이 괜히 날 째려보는 것 같아 밤 새 고민한 적도 있고, 선생님의 사소한 행동 하나하나에 의미를 부여하며 쓸데없는 기대감에 부풀거나 상처를 받았던 일도 많다. 지금 생각해 보면 하나같이 사소한 일들 뿐이었지만, 작은 교실이 곧 세계였던 어린 초등학생에게는 친구 관계도, 시험 성적도, 한 달에 한 번 바꾸는 자리도 세계가 무너질 만한 걱정거리였다.

그런 나에게 새학기란 겨울 방학을 통째로 불안에 떨게 할 만큼 커다란 걱정거리였다. 그래서 겨울 방학 하면 즐거운 기억보다는 담임 선생님 누굴까, 급식은 누구랑 먹지, 체육 시간에는 누구와 짝을 해야 할까, 공부가 많이 어려울까, 애들이 나를 안 좋아하면 어떡하지 등을 걱정하던 시간부터 떠오른다.

길고 긴 걱정의 시간은 봄이 되어서야 끝이 났다. 내가 걱정하던 것들은 대부분 일어나지 않을 일들이었으므로, 불안과 두려움은 새 학기를 직접 마주하고 나면 사라졌다. 학창 시절의 겨울 동안 쌓인 걱정과 불행은 따뜻한 봄바람과 함께 녹아내렸다. 그게 습관이 되어버린 것일까, 그때부터 나는 항상 봄을 기다리는 마음으로 살았다.

학교를 졸업한 후에도 행복의 기억은 항상 봄과 함께했다. 장맛비가 세차게 내리던 여름에는 할아버지가 돌아가셨고 조금 쌀쌀한 바람이 불던 가을에는 결혼을 약속했던 연인이 나를 떠났다. 유독 춥기만 하던 겨울에는 건강했던 강아지가 갑자기 며칠을 앓더니 죽었다. 그때도 항상 봄이 오면, 따뜻한 봄바람을 맞으면 모든 불행이 씻겨 나갈 거라고 생각하며 믿고 기다렸다. 그러면 봄은 항상 배신하지 않았다. 언제나처럼 따뜻한 바람이 불었고 꽃향기가 났고, 거짓말처럼 행복해졌다.

봄에 대단한 일들이 있었던 것은 아니다. 떠올려 보면 사소한 것들뿐이다. 나를 압도하던 슬픔을 이겨낼 만큼 커다란 행복이 있었더라면 좋았겠지만, 고작 친구들과 술을 마시거나, 맛있는 음식을 먹거나, 공원으로 소풍을 떠나거나, 가족들과 밤 산책을 했던, 남들 다 하는 그런 것들로부터 나는 작은 행복감을 느꼈다. 그런 것들은 비수처럼 박혔던 불행의 크기에 비해 너무 작았지만, 언제나처럼 불행에서 나를 건져 올려 주었다.

작은 행복의 순간들을 가만히 떠올려 본다. 생각해 보면 나는 봄을 기다릴 필요가 없었다. 행복의 순간들은 너무 작고 사소해서 어떤 계절이든 함께할 수 있었으니까. 어쩌면 행복이란, 기다리는 일이 아니라 문을 열어주는 일에 가까울 것이다.

행복은 친절하고 조심성 많은 아이 같아서, 언제나 주위에 있지만 내 힘으로 문을 열어주지 않으면 만날 수 없다. 반대로 불행과 고난은 무례하다. 안에 있는 사람에게 묻지도 않고 덜컥 문을 박차고 들어와 자리를 차지하고 앉아버린다. 행복은 안에 있는 사람이 눈물을 닦고 깨끗이 세수를 마친 후, 잘 다린 옷을 입고 손님 맞이를 할 준비가 될 때까지 고요히 기다린다. 그러다 준비를 마치면, 따뜻한 봄바람이나 갓 구운 과자의 포근한 냄새 같은 것으로 그 사람의 방문을 두드리는 것이다.

행복은 문을 열어주지 않으면 함부로 집안까지 들어오지 않는다. 이 말은 즉 문을 열기만 하면, 문을 열 손아귀의 사소한 힘 정도만 있다면 항상 행복은 거기 서서 당신을 기다릴 것이란 의미다. 행복하기 위해 봄을 기다리라는 말보다 희망적이지 않은가. 이제는 나도, 차분히 준비를 마치고 문 앞에 이미 와 있는 행복과 마주하는, 그런 일들을 연습해야겠다.

따뜻했던 봄이 여름에게 자리를 넘긴 6월이다. 이제 봄꽃은 모두 지고 더운 바람이 불 것이다. 모기가 기승을 부리고 잠 못드는 날들이 이어질 지도 모른다. 하지만 괜찮다. 이제는 봄을 기다리지 않는 마음으로, 여름에도 행복해야겠다.